Les amants du mort d'eau

La Trilogie royannaise

Tome 1

Du même auteur :

Aux Éditions Rupella
Oh ! Marylou, roman, 1996 (réédité en 2006)

Aux Éditions Jean-Michel Bordessoules
La Gabiroute, roman, 1997
Roméo et Scarlatine, roman, 1998

Aux Éditions de La Sermazelle
Les contes de l'entreprise, nouvelles, 2003
Le jour de foire est arrivé, roman, 2005 (Prix de la Société des lettres de Saintonge et d'Aunis)
La solitude du communicateur de fond, roman, 2007

Aux Éditions La Geste
Se souvenir de Breuillet, album-photos, 2008

Aux Éditions Le Croît vif
Charly Grenon raconte Goulebenéze, DVD, 2009
L'air du pays, ouvrage collectif, 2011
Royan Garden Blues, roman, 2013

Aux Éditions Les Indes savantes
Saintes Frayeurs, roman, 2019 (Prix Madeleine La Bruyère 2020 de l'Académie de Saintonge et Prix du salon de Chaniers 2022)

Aux Éditions Koikalit
Facho Fâché, nouvelle, 2021
De sable, d'écume et d'immortelles, souvenirs, 2021

ISBN : 978-2-494231-20-7

Couverture réalisée par Benjamin Jugieau, d'après une image adobe-stock : *Carrelets au Puits de l'Auture, commune de Saint-Palais-sur-Mer par tunach17.*

Jacques-Edmond Machefert

Les amants du mort d'eau

La Trilogie royannaise

Tome 1

Polar du Sud-Ouest

PREMIÈRE PARTIE

ÉCRIVAIN PUBLIC
(un métier)

L'idée ne me vint pas qu'on pût écrire pour être lu.
Jean-Paul Sartre

1
UN MÉTIER ?

Je dirais plutôt une démarche. Un hasard ou une nécessité, parfois. Un bonheur, sans doute... Un pléonasme, aussi. Écrivain public. Comme si on n'écrivait pas pour communiquer, comme si un écrivain n'était pas forcément public. Je sais... on peut aussi écrire pour soi, sans même penser à être lu.

Un soir, j'en ai parlé à Fred, un copain d'école que je retrouve périodiquement dans les bars, et qui a voué sa vie à l'écriture. Il avait probablement trop bu... Il a d'abord regardé, avec une intensité confinant à la fascination, le fond de son verre de cognac comme s'il cherchait dans l'âme saintongeaise en lente évaporation, l'inspiration, la vérité. Sa vérité. Un peu de courage, aussi... Puis, ses yeux alcoolisés sont venus se noyer dans les miens.

— Tu es assez costaud pour que je te parle franchement, Marc ?

On répond toujours, « oui », à pareille question,

tant elle ressemble à une formalité. On a tort, le plus souvent... Et ce jour-là, en cette heure apéritive, face à ce vieux hippie mal rasé, en veste de jean effrangée, j'étais loin d'être assez solide pour accepter ce qui allait suivre. Pour parler trivialement, Fred m'en a foutu plein la gueule, et je dois reconnaître aujourd'hui que j'avais bien cherché à me faire étriller, avec mes petits états d'âme de vieil enfant gâté. Je ne saurais retranscrire ici, l'intégralité de sa diatribe, mais je peux tenter de la résumer...

En un mot. Un mot qu'il n'a d'ailleurs pas prononcé, qui ne lui est même certainement jamais venu à l'esprit tout au long de son long réquisitoire, un mot qui l'aurait bien étonné s'il avait pu lire dans mes pensées. *Sacerdoce !* Voilà, pour lui, l'action d'écrire – mais aussi de peindre, de sculpter, de faire de la musique ou du je-ne-sais-quoi avec je-ne-sais-qui – n'était ni une lubie, ni une occupation comme une autre, ni un gagne-pain. Encore moins une thérapie !

L'Évangile selon saint Fred, impose à ses disciples de savoir compter avec le temps. Et avec la souffrance qu'il engendre jour gris après jour pluvieux, nuit d'insomnie après nuit d'errance, état nauséeux après gueule de bois. Pas une souffrance comparable à la mienne, si commune, principalement physique, presque bestiale, lorsque Martine est partie avec ce toubib bordelais, bordel de merde ! Un type beaucoup plus brillant que moi, à l'évidence, ce qui est nettement moins facile à supporter, croyez-moi, qu'un départ avec un quelconque trou du cul. Mais je m'égare.

Non, sa souffrance à lui, la seule qui vaille la peine d'être vécue, celle de l'artiste, celle qui conduisit Dieu à créer le ciel et la terre, cette souffrance-là se mérite, se fabrique, se cultive, s'entretient, se bichonne, s'affiche, se gonfle, se sublime... J'aurais violemment choqué Fred si je lui avais dit que sa théorie de la douleur créatrice me rappelait celle développée par un gourou à la mode en fin de vingtième siècle, Michel Houellebecq. Élémentaire, ma chère particule :

Lorsque vous susciterez chez les autres un mélange de pitié effrayée et de mépris, vous saurez que vous êtes sur la bonne voie. Vous pourrez commencer à écrire.

Je n'en étais pas là.

*

Quand on tente de survivre, en cette fin de millénaire, dans cette station balnéaire de la côte atlantique, en plein hiver, un soir de crachin et de déprime, quand tous les magasins et la plupart des bars sont fermés, quand les néons n'éclairent plus qu'une morne solitude, quand le cœur saigne sur les trottoirs poisseux et que tout part en débandade, il n'y a pas trente-six solutions pour passer ce cap de mauvaise espérance : l'escale chez « Micheline ». Une institution Micheline, à Royan ! Micheline ? Une sainte, vraiment ! Une femme de bien qui a sauvé des générations entières de Royannais (humains et canidés) beaucoup plus atteints que moi. J'aurais dû faire un crochet par la rue des Bains. Ce sera pour une autre fois… En traversant le désert bitumé où s'élevait autrefois un monument labyrinthique en béton brut, « le Portique », j'ai regagné mon studio, un peu plus loin, sur le Front de mer.

C'est en me remémorant les acerbes propos de Fred, cinq nuits blanches plus tard, que j'ai pris la décision qui allait faire basculer ma vie. Puisque le besoin d'écrire me taraudait à ce point, puisque mon emploi actuel était aussi mal payé que précaire et dépourvu d'intérêt, j'avais quelques bonnes raisons de ne plus différer mon entrée dans le monde des lettres. Le choix était rudimentaire : c'était en quelque sorte... lettres ou le néant ! Et puisque tel devait être mon destin, autant s'arranger pour qu'il me permette de vivre. Le petit magasin du cours de l'Europe pour lequel je faisais des livraisons, chaque matin, devrait donc se passer de mes services compétents. Monsieur Buhr n'aurait aucun mal à me trouver un remplaçant. Avec le chômage hivernal qui sévit ici...

Certes, mes ressources allaient baisser, mais mon train de vie se limitait à quelques dépenses essentielles : le loyer (modéré) du studio (décrépit), le cinéma une ou deux fois par mois, quelques disques, quelques livres, l'apéro, le journal, un peu d'essence pour ma vieille 205 qui rouillait en bas, le long du trottoir... Je ne parle même pas de la nourriture, je n'ai jamais eu faim.

Enfin, un petit héritage inattendu m'était tombé du Massif Central, voilà quelques mois. Une vieille tante dont j'ignorais jusqu'à l'existence et dont j'étais apparemment, la seule famille légitime... Putain, qu'il faisait froid dans ce cimetière de La Bourboule, en ce rigoureux mois de février ! On n'était pas très nombreux pour se réchauffer autour du cercueil qu'un prêtre enrhumé s'efforçait de bénir. Une poignée de voisins emmitouflés, d'amis peut-être... et son compagnon, un vieux monsieur bien sympathique, avec une moustache à l'ancienne, une canne, un chapeau et une cravate à carreaux. Il était le seul à pleurer. Mais comme les larmes sont contagieuses, j'ai fini par l'accompagner, sans trop savoir si je pleurais sur ma tante inconnue, sur les malheurs du vieux monsieur... ou sur les miens. En fait, je pleurais de froid.

Les droits de succession, trois voyages à La Bourboule, une 205 rouge mais néanmoins pourrie, une chaîne hi-fi, un ordinateur avec imprimante et connexion Internet, un blouson en cuir (j'avais eu trop froid dans le cimetière), retournez à la case départ, ne prenez plus rien, il vous reste vingt mille francs. De quoi voir venir tout de même...

Et assez pour m'installer. Avec une plaque en haut de l'escalier, sur la porte du studio, « Marc Vermeuil, écrivain public », et une petite annonce dans *Le Charentais*, à côté des voyantes (si on veut être vu...) et des marabouts (pour tenter la bonne fortune...), juste avant les masturbatrices téléphoniques, les couples échangistes et les prostituées déguisées en masseuses. La notoriété, en quelque sorte...

Et les gens ne s'y sont pas trompés ! Le petit journal commençait juste à être distribué que déjà le téléphone sonnait. À l'époque d'Internet, de la mondialisation économique et de la communication multimédia, l'écrit peut sembler quelque peu ringard. N'empêche, le nombre de « vrais gens », dans le « pays réel » et dans la « vie authentique », qui ont recours à l'écrivain public, est en progression constante.

Je devrais m'en réjouir, même si la fortune n'a pas élu domicile dans mon foyer solitaire, du jour au lendemain, sous l'unique prétexte d'un encadré – certes bien placé – dans un « gratuit ». En vérité, l'échec était un vieux compagnon si familier que je n'avais pas envisagé une seule seconde l'hypothèse du succès. Au point de ne pas avoir fixé le montant de mes honoraires ! Aussi, lorsque mon premier client se proposa de payer ma prestation – la rédaction de sa déclaration d'impôts – je fus bien obligé d'improviser : « Cent francs ». Pourquoi pas ? Mais ça ne faisait pas cher de l'heure ! Il me promit de revenir.

Avec de pareils tarifs, mon nouveau job s'avéra peu rentable, d'autant qu'une partie importante de ma clientèle se composait d'illettrés, marginaux par définition, paumés par vocation, fauchés par destination, même s'il y avait des exceptions.

Sylvie, par exemple. Au premier coup d'œil, aidé par le manteau de fourrure, le maquillage et la coiffure impeccables, la grosse voiture qui stationnait en bas, je l'avais prise pour une jeune bourgeoise désœuvrée. Pas du tout ! Elle se disait vendeuse à temps très partiel et m'avait sollicité pour mettre un semblant d'ordre dans les paperasses d'une copine au chômage.

Mais je n'aurais pas dû prendre l'exemple de Sylvie, il est trop peu significatif. Et puis... elle est revenue si souvent par la suite... si souvent que j'ai fini par comprendre le service qu'elle attendait de moi. Après, elle venait presque tous les jours, sur le coup de midi, un carton de plats cuisinés sous le bras. Elle posait son manteau sur la chaise, m'embrassait... Eh oui ! elle venait se faire sauter. Après, on mangeait et on buvait une bouteille de vin. Je n'osais plus me faire payer. D'ailleurs... elle vient toujours.

2
ELLE VIENT TOUJOURS.

Aujourd'hui, elle est passée en coup de vent. Pressée. Elle embauchait à quatorze heures, un événement qui méritait d'être fêté dignement. Du coup, on n'a même pas pris le temps de se mettre au lit ; nous nous sommes *connus* (au sens biblique) dans l'urgence, « comme des bêtes », sur la table en Formica, sans prendre le temps d'enlever les miettes de pain ni d'éponger les ronds de vin rouge, sans préliminaires, sans préservatif, sans nous déshabiller vraiment... Parfait pour risquer l'irritation de muqueuse ! Ou quand on a la ferme intention de tacher son unique pantalon disponible, pendant que l'autre est malencontreusement immobilisé au pressing.

Grâce à une maîtrise douloureusement acquise à la suite de fastidieuses séances d'entraînement, je suis néanmoins parvenu à éviter les rougeurs, mais pas l'auréole sur le jean. Heureusement, mon pull-over trop long cachera les débordements de ma misère sexuelle à mes deux clients de l'après-midi. Sylvie pourra plus difficilement dissimuler les traces du morceau de pizza qui s'est écrabouillé sur le dos d'une gracieuse robe à fleurs (vraiment très en avance sur la saison) que le trichloréthylène – en dépit de sa légendaire bonne volonté – n'a pu « ravoir »...

Une heure de liberté. Le foulard, la parka, le paquet de gauloises... Le vent soulève des montagnes de sable qui, en se désagrégeant, me giflent les jambes. Vue comme ça, « la grande conche » à marée basse n'a rien de bien folichon, pas de quoi attirer le touriste avide de soleil, de ciel bêtement bleu, de farniente, de glaces à la vanille, de « chichis » et de seins nus savamment bronzés à la lampe. Waterloo maritime, morne plaine, plat pays plus digne des Flandres automnales que de l'estivale Côte de Beauté, avec au fond du tableau, une eau tellement chargée de sable et de vase qu'elle semble, par moments, plus solide que liquide. Avec aussi, bien plus loin, de petites crêtes d'un blanc sale. « La mer fait des bosses », disait un chauffeur de car (régie Aunis-Saintonge) emmenant son adolescente et vociférante cargaison à « Zola (le bahut). Le ciel vaut guère mieux... Un canal s'y perdrait.

Et le moral est à l'avenant. Pourtant, dans un mois ou deux, ou trois... les mimosas refleuriront dans l'Île d'Oléron... Et ron et ron, petit patapon.

Si vous saviez comme je m'en fous, des mimosas

et des pata... ponts des îles de Ré ou d'Oléron !

Quand j'ai démarré mon activité d'écrivain public, j'ai pensé avoir trouvé la solution miracle à tous mes maux. Certes, le rapport n'était pas important – je l'ai déjà dit – mais l'argent n'a jamais été ma motivation principale. Simplement, il faut bien faire quelque chose... et j'espérais – candide connard – oublier mes ennuis en me consacrant à ceux des autres. Je n'étais pas le premier à avoir cette démarche généreuse et calculée. Pas si généreuse que ça. Donc mal calculée ! Comme mes prédécesseurs sans doute, j'ai déchanté.

À Zola – j'y reviens par le premier bus en partance – je concluais souvent mes dissertations par une citation ou un proverbe chinois, les profs aimaient ça : « L'Autre est aussi décevant que Moi » écrivait Li Man Fou dans son infinie sagesse orientale. Tu parles ! Je reproche surtout aux autres de me ramener toujours, obstinément, irrémédiablement à moi ; leurs petits problèmes quotidiens me paraissent minables à côté de mon immense malheur. Mais quel malheur, justement ? La solitude ?

La solitude, ça n'existe pas, affirmait avec une conviction tragique, le Bécaud des grands jours.

La solitude ? S'il ne s'agissait que de ça...

3
S'IL NE S'AGISSAIT QUE DE ÇA...

De quoi d'autre, à votre avis ?

— Là, mon pote, t'es complètement barjo ! avait explosé Fred au téléphone, après la publication de ma petite annonce racoleuse, dans *Le Charentais.*

J'avais d'abord pris la violence de sa réaction pour un genre assez nouveau de jalousie. N'avais-je pas la folle prétention de vouloir tirer un revenu d'une passion dont il essayait lui-même de vivre depuis des années, sans grand succès ? Mais non, Fred, rien à voir ! Alors je me suis dit qu'il essayait de m'aider en me conseillant d'arrêter ce qu'il fallait bien appeler, mes « conneries »... Il a insisté :

— Tu ne te rends pas compte, Marc. Un boulot comme ça... même un saint n'en voudrait pas ; il faut constamment prendre les autres en charge... Et permets-moi de te le dire, non seulement tu es loin d'être un saint, mais tu n'arrives même pas à t'occuper de ta petite personne. Alors, les autres...

laisse-moi rigoler.

— Tu ne comprends rien.

— Et toi, Marc, as-tu compris mon discours de l'autre soir ? Non, comme d'habitude, tu n'en as retenu que ce qui t'arrange. Et tu penses me prendre au *pied de ma lettre,* en passant une petite annonce sur laquelle tu te présentes comme « Écrivain public ». Très chic ! mais tu te fourres le doigt dans l'œil, mon gars. Le service est public, les réunions peuvent l'être, les toilettes le sont souvent, les filles parfois, sans parler de la...

— La raie...

— Pauvre con ! Tu trouves encore le moyen de sortir des vannes de collégien dégénéré, alors que tu arbores – avec quel cynisme, avec quelle arrogance – le titre d'écrivain. Tu me fais penser à ces vieux guerriers qui exhibent fièrement leurs médailles comme autant de cicatrices témoignant de leur bravoure, au défilé du quatorze juillet... ou devant un pastis, au comptoir du bar des poilus, sur la place du sacrifié inconnu, un troquet tenu par une certaine Madelon qui, « au bon temps des tranchées », a refilé la chtouille à des régiments de héros embourbés. Ce qui ne devrait pas l'empêcher de venir nous servir à boire, sous la tonnelle... Ouais, tu peux en parler de la République ! Celle des lettres reste à inventer.

— Tu m'autorises à placer un mot ?

— Je ne devrais pas. Ce n'est pas dans ton intérêt...

— Je ne vois pas ce qui te dérange dans ma démarche. Je vais rendre service à des gens...

— Ça te fera une belle jambe !

— ... tout en gagnant ma vie...

— Bien mal, tu peux me croire.

— ... et en réalisant mon rêve le plus cher, écrire.

— Voilà le point sur lequel tu te trompes le plus. Tu crois pouvoir prendre ton pied ? Tu ne le prendras pas ! Écrivain, public ou non, c'est autre chose qu'une branlette furtive d'adolescent attardé, je crois te l'avoir expliqué... mais si tu t'entêtes, tu vas vite comprendre. Tes clients vont se charger de te ramener dans le réel, ma puce.

Effectivement, mes clients se sont chargés très rapidement de mon... éducation. Alors, même s'il en coûte un peu à mon amour-propre, le recul et l'honnêteté m'imposent d'accorder à Fred le bénéfice d'une clairvoyance certaine. Il avait vu juste, l'enfoiré !

En dehors de Sylvie qui venait (qui vient toujours...) pour les raisons déjà suffisamment exposées, mes clients (je n'aime pas beaucoup ce mot mais je n'en trouve pas de mieux adapté, nos relations se limitant au strict rapport professionnel), mes clients, donc, avaient des attentes peu littéraires. Au bout d'un premier mois d'exercice, je ne les distinguais plus vraiment les uns des autres ; ils formaient une masse qui me devenait de plus en plus indifférente. Et à bien y réfléchir – les choses me viennent, comme ça – ils n'étaient plus vraiment des clients, justement, mais des usagers. Comme ceux des transports en commun, du téléphone cellulaire... du gaz ! Ils usaient de moi et ils m'usaient.

J'étais usé jusqu'à la corde.

Je m'apprêtais donc à tout planter, à jeter ma plaque aux orties, à passer un coup de fil – peu glorieux – à Fred pour lui dire à quel point je comprenais maintenant sa mise en garde. Après, je n'aurais plus qu'à passer voir monsieur Buhr pour lui demander si par hasard...

— Tu vas pas faire ça ! s'est indignée Sylvie.

Le problème, mon problème en vérité, c'est que tout le monde a toujours voulu me dicter ma conduite. Certes, personne n'y est jamais parvenu, mais tout de même, c'est profondément chiant ! Tout petit déjà... Mais je ne vais pas m'abîmer une fois de plus dans mon enfance, elle ne présente aucun intérêt. Une enfance banale, dans une famille sans histoires, dans un petit village (un des plus beaux de France, tout chauvinisme mis à part) Mornac-sur-Seudre, son port ostréicole, son église avec cette étonnante représentation du péché originel, ses artisans d'art, ses huîtres vertes et, il n'y a pas si longtemps, son maire communiste... ça valait le déplacement, vous pouvez me croire, un maire communiste, espèce rare et bien mal protégée dans un canton où les extrémistes de droite – gros bras et petites frappes – sont légions (pour ne pas dire phalanges).

Voilà bien la preuve vivante, éclatante et indiscutable de ce que j'appelle « l'exception culturelle mornaçonne », dont je pense être un produit assez peu dénaturé. Cette indépendance de pensée, ce tempérament bagarreur, cet esprit de contradiction toujours en éveil, nous ont certainement été transmis par de lointains ancêtres naufrageurs. Et c'est, je crois, dans cette filiation pour le moins suspecte que j'ai trouvé les armes les plus efficaces pour survivre en maintes circonstances difficiles, pour me donner la force d'allumer encore ma vacillante lanterne dans les ténèbres de la solitude, de l'ennui et du désenchantement, au milieu des éléments hostiles, avec le fol espoir que le prochain navire qui viendrait s'échouer sur mes côtes hospitalières, serait chargé de toutes les richesses du royaume des songes.

Pour être franc, et n'en déplaise aux lugubres clients de *L'auberge de la Jamaïque,* je voyais plus souvent s'échouer des radeaux de la Méduse que des paquebots France.

Sylvie était une de ces rescapées. La considérant dès le premier jour sous cet angle humanitaire, je lui avais prodigué, avec grand plaisir, je le confesse, les soins diligents qui l'avaient progressivement ramenée à la vie. Pourtant... une fois ranimée, quand elle eut retrouvé des couleurs, après disons... plusieurs séances de bouche-à-bouche et de corps à corps, je commençai à m'interroger sur son cas.

D'une part, un emploi précaire, mal rémunéré... et d'autre part, plusieurs signes extérieurs de richesse : une mise soignée, un maquillage relevant des soins esthétiques, une BM récente et en bon état... Constatations primaires, je le sais ! mais... tout individu normalement curieux se poserait des questions pour moins que ça ! Et trouverait la réponse sans hésiter. Aussi basique que la question, la réponse. Trop facile, trop évidente pour me donner entière satisfaction. Une pute, Sylvie ? Une pute de luxe vivant aux crochets de quelques retraités royannais ? On ne manque pas d'antiquités friquées, à Royan ; comme on dit, il y a un marché (quasiment captif) avec de la demande, donc obligatoirement de l'offre.

« Pardon, monsieur Keynes, je sais que tel n'était pas votre propos. »

Fort bien, envisageons une seconde l'hypothèse de la femme entretenue (comme on disait au siècle passé), mais alors, que venait-elle chercher, *Nana*, dans mon studio délabré ? Une vigueur lui faisant oublier la mollesse de ses vieux amants ? Ce serait pas mal, plutôt flatteur, mais... je n'ai jamais eu la prétention d'être le « hardeur » du siècle, le Don Juan que toutes les chattes en chaleur s'arrachent. Demandez à Martine... Quant au soi-disant besoin d'un écrivain public pour « dépatouiller » les quelques paperasses administratives de sa copine, je ne suis pas dupe de pareille foutaise ! D'accord,

Sylvie, au premier abord, est un peu du genre « shampouineuse », mais enfin... une demande de prise en charge par les Assedic, ça ne nécessite pas d'être sorti major de l'Ena. Quoique...

Comme ces deux explications ne me satisfaisaient pas, et comme celle du coup de foudre ne m'effleura jamais, j'en conclus que Sylvie trouvait dans notre relation, les mêmes... avantages que moi : une compagnie, un réconfort, un miroir peut-être, une simple distraction devenue habitude. Quand on ne trouve pas de motif valable au comportement des autres, on a tendance à se prendre pour référence, à penser à leur place. On fait fausse route, en général. Se mettre dans la tête, dans le cerveau, dans les neurones, d'une « shampouineuse » ! Une gageure pour laquelle mieux vaut ne pas craindre l'appel d'air.

Attention toutefois ! Lorsque j'abuse ostensiblement de l'appellation « shampouineuse », je n'ai pas la moindre intention de m'en prendre ici, à la noble profession de celles qui font des shampooings dans les salons de coiffure. Je trouve l'activité de ces travailleuses tout aussi respectable – et parfois plus – que celle... d'écrivain public. En fait, je me contente juste de reprendre une formule imagée qui, de nos jours, a pris la place du désuet « midinette ». Une « shampouineuse » peut être étudiante, ouvrière agricole, cheftaine d'entreprise, ministrelle (les « jupettes », c'était quoi, dans l'esprit des politiciens mâles ?), retraitée, avocate, enseignante... et même parfois – puisque tout arrive, même le pire – « shampouineuse ». Pour les hommes, c'est plus simple, on dit toujours « macho ». Ou connard. Ou...

— Tu vas pas faire ça !

Je ne l'ai pas fait.

J'ai bien fait. Si j'avais laissé tomber, après à peine un mois d'exercice, je n'aurais pas connu monsieur Librard. Xavier Librard, soixante-deux ans, grand, mince, visage émacié, costard clair, chemise unie, nœud pap', 607 vert bouteille, retraité de la Banque de France où il n'était manifestement pas grouillot. Je devrais vouer une reconnaissance éternelle à Sylvie pour m'avoir donné au bon moment, le bon conseil, celui m'autorisant à rencontrer monsieur Librard. En fait... il n'était pas venu chez moi par hasard.

— C'est une amie commune, mademoiselle Sylvie Defloque, qui m'a donné votre adresse. Une jeune femme charmante, mademoiselle Defloque, si fraîche, si naturelle... et jolie ! Elle m'a vanté vos talents avec une chaleur dont la sincérité m'a convaincu. Vous êtes bien, monsieur Vermeuil, l'homme que j'attendais depuis plusieurs années. Et que je n'osais plus espérer.

La vache ! Une sacrée déclaration ! Du genre à vous filer la trouille, parce que moi, en bon Saintongeais, je ressemble à nos « cagouilles » (des escargots disent les estivants sur les terrasses pratiquant des prix... gastronomiques), lent pour avancer, mais prompt à rentrer dans ma coquille... et à n'en plus sortir jusqu'à la prochaine averse. Le vieux pédé – il n'y avait qu'un homo pour oser dire à un inconnu (moi) qu'il était l'homme de sa vie – n'avait pas semblé surpris de ma froideur.

— Sylvie m'a prévenu, monsieur Vermeuil. Comme tous les artistes, vous êtes méfiant, réservé, ombrageux, soucieux de conserver votre indépendance... Je comprends parfaitement. Et j'apprécie. Mais vous vous inquiétez inutilement, je vous assure, bientôt nous serons amis. Nous avons de longs et agréables moments à passer ensemble.

Impossible de lui reprocher de ne pas avoir de suite dans les idées. C'était un peu comme s'il avait dit : « Mon petit Marc, t'as vraiment un beau cul, tu sais ! J'y mettrai le temps qu'il faudra, mais tu passeras à la casserole, mon grand ! ». Comme telle n'était pas mon intention, j'ai prétexté un rendez-vous urgent et je l'ai foutu dehors sans ménagement, sans même chercher à savoir ce qu'il attendait vraiment de moi. J'étais d'autant plus furieux que la situation semblait l'amuser à la folie. Mais qu'est-ce que c'était que ce mec envoyé par ma « shampouineuse » ?

— C'est quoi, ce vieux pédé ? Je te préviens, si tu as d'autres cadeaux du même acabit, tu peux te les garder, ma poule !

— Monsieur Librard ? Tu l'as rencontré ? Un homme charmant, distingué, attentionné, a-do-rable ! Je suis contente qu'il se soit enfin décidé à venir te voir. Vous allez très bien vous entendre, tous les deux, c'est super !

Pour être super, ça me paraissait vraiment super ! Mais, au bout du compte, elle jouait quel jeu, ma nympho de midi ? Elle rabattait la chair fraîche pour les vieux vicelards du patelin ? Elle testait la bête avant de la livrer aux orgies de ses copains partouzards ? Je les voyais d'ici ses conseils : « Marc Vermeuil, un type plutôt bien de sa personne avec une virilité... proportionnée, très actif, entreprenant et endurant, un petit gars sympa, vierge de toute sodomie, une imagination d'artiste, une conversation plaisante, propre sur lui, désargenté, ne sera donc pas trop gourmand... l'étalon idéal, même s'il est un peu vieux jeu. Pour mes honoraires, le tarif habituel, je vous fais confiance, voici un relevé d'identité bancaire. »

Très habile en plus, l'entremetteuse, faisant toujours mine de n'agir que pour son propre compte :

— Allez, mon chéri, viens me faire l'amour... J'ai très envie de toi.

Elle ne mentait pas ! Jamais elle n'aurait plaisanté avec un sujet aussi sérieux. Comment résister dans ces conditions ? J'avais donc fait, une fois de plus, ce qu'elle attendait de moi. Plutôt bien, je dois dire... Puis, toujours conformes à la tradition, nous avions mangé ; je me souviens – et je n'invoque pas le hasard – qu'elle avait acheté des huîtres, celles que je préfère, des spéciales numéro trois proposées sur le marché central par un petit éleveur de Chaillevette (ne jamais confondre éleveur et expéditeur). Elle n'avait pas oublié les saucisses ni la bouteille de Sancerre ; c'était pas un repas de prolo, et c'était bien bon, il faut l'admettre ! En nouant sa serviette à carreaux, elle a tendu les bras vers moi :

— Tu m'as fait du bien, mon amour. Waouh !

Elle ne mâchait pas ses mots, parfois.

Sur quoi, sans transition, elle s'était mise à sucer les huîtres de Marennes-Oléron, avec une sensualité qui n'avait pas manqué de provoquer chez moi (c'était donc bien de la provocation) une nouvelle... montée en puissance. Ma douzaine de mollusques terminée, il avait donc fallu remettre le couvert. Et le vivre ! Vite fait, bien fait, un coup de vin blanc, un coup de mon gland.

— Ne sois pas vulgaire, mon chéri.

Loin de moi, pareille intention ! D'ailleurs le dessert était des plus raffinés lui aussi ; « chez Quantin », on n'a pas l'habitude de se moquer des gourmands. J'ai juste regretté qu'après nos diverses entrées en matière, le temps nous ait un peu manqué pour apprécier à sa juste valeur, une forêt noire fondante à cœur et goûteuse à souhait. La bouche encore pleine de chocolat, Sylvie avait enfilé son manteau de fourrure (c'est de la martre, elle me l'a dit) et s'était sauvée en courant. Du coup, les explications concernant le sieur Librard, ses motivations réelles et la nature exacte de ses relations avec ma mangeuse d'huîtres et de santé, étaient remises à de prochaines fredaines. À demain midi, entre la poire et le fromage...

En attendant, j'allais pouvoir me creuser la tête pour élaborer tous les scénarios possibles (et impossibles). Du nanan, cette nana, pour qui se prétendait écrivain, fût-il public. Pas besoin de baguette de coudrier pour chercher mon intarissable source d'inspiration ! Sylvie, ma muse ! Que ferais-je sans toi ?

4
Que ferais-je sans toi ?

Je me pose souvent la question. Et je récidive, en regagnant mon « bureau » où mon premier client de l'après-midi doit déjà m'attendre en feuilletant ma collection de *Charlie Hebdo*. Qu'il attende.

C'est vrai, si je n'avais pas rencontré Sylvie, si nous n'avions pas lié cette relation particulière et journalière faisant fi de nos sentiments (des miens, surtout) pour ne reposer en définitive que sur le sexe, si au fil de nos ébats et de nos « mangements » consécutifs, une certaine... chaleur n'était parvenue à s'installer entre nous – presque à mon insu et en dépit de mes réticences – si cette chaleur ne s'était pas transformée en sympathie, en un genre d'amitié que j'ai la faiblesse de croire réciproque, de camaraderie tendre, presque consanguine, et finalement, si la confiance n'avait pas été au rendez-vous, tout aurait sans doute été différent.

Le brouillard ne s'est pas levé aujourd'hui, ni

sur l'estuaire ni sur ma curieuse situation. Marée basse sur la ville ! Privé de phare et de boussole, je navigue à (courte) vue. Fred ferait un pilote très acceptable pour m'aider à « slalomer » entre les bancs de sable sans risque d'échouage, mais j'ignore ce qu'il devient ; son esprit critique me fait défaut... J'aurais besoin d'être secoué, réveillé, remis sur des rails pour reprendre une trajectoire, sinon rectiligne, du moins visible, concevable, intelligible. Je suis certainement allé trop loin pour revenir en arrière, j'ai dépassé depuis longtemps les bornes de la normalité, les clignotants, le panneau « danger ».

Rien à foutre du danger, je roule à tombeau ouvert et je sais qu'au bout, la route s'arrête brusquement sur l'effrayant ravin. La pédale d'accélérateur est bloquée, les freins sont coupés, le brouillard s'épaissit, je ne vais pas tarder à entrer dans la lumière. C'est sûr, je devrais appeler Fred...

Je devrais surtout descendre de ce manège infernal qui me saoule, me donne la nausée, me bouffe la vie à chacun de ses putains de tours. Je devrais sortir, me balader ailleurs que sur cette plage déserte et déprimante, aller au cinéma, au bistrot, je ne sais pas... voir du monde, parler, communiquer avec d'autres, avec des gens... Je veux dire – si j'excepte les rares clients qui me restent – pas seulement avec Sylvie et monsieur Librard. Pas seulement.

C'est fou comme mon univers est devenu étroit, morbide, noir, ces derniers temps ! J'ai l'impression (la certitude ?) désagréable (épouvantable !) d'avoir été pris en otage par une « shampouineuse » lubrique et un retraité manipulateur.

Je suis enchaîné, nu, au fond d'une cave froide et humide, je n'ai pas mangé depuis huit jours ; je patauge dans mes excréments. Parfois, une lampe jaunasse s'allume au plafond tapissé de toiles d'araignées ; des pas se font entendre sur les marches luisantes de l'escalier de pierres, et un gardien apparaît dans le contre-jour glauque. Il est vêtu de cuir noir et porte une cagoule de motard. Il me toise avec mépris, m'injurie, me donne des coups, attrape mes testicules à pleine main et les tord sauvagement. Je hurle ma douleur et mon désespoir pendant qu'il disparaît dans un immense éclat de rire.

Au plus profond de ma solitude, j'en viens pourtant à espérer la venue épisodique de mon tortionnaire, à ne plus rien attendre d'autre que le contact de ses gants sur ma peau. Quelques instants sensuels dont la perversité ne m'échappe pas... mais des instants pendant lesquels les souffrances du corps parviennent à sublimer celles de l'âme. Le désir ! Au moins, pendant ces minutes douloureuses sur le plan physique, j'échappe au sempiternel questionnement sur mon état, sur la durée de cette situation, et sur son issue prévisible. Je n'ai qu'une certitude : la rançon ne sera pas versée. Elle est bien trop élevée ! Je ne vaux pas une somme pareille ! Personne ne m'aime assez pour avoir envie de me récupérer... à ce prix !

Je ne sortirais donc jamais de cette cave...

Si seulement je pouvais appeler Fred.

Je tourne en rond. La preuve, j'ai l'intention de rentrer au studio... et je suis toujours les pieds dans le sable, la tête dans le brouillard... L'heure du rendez-vous est maintenant largement dépassée, le client doit être parti. Furieux ! Qu'il crève, le client ! Tous les clients ! Tous les suceurs de sang, les mangeurs de vie, les parasites, les chiants... Allez, une troisième gauloise et je rentre. Je devrais arrêter de fumer, ma toux devient vilaine. Je devrais voir un médecin, sans doute, mais le courage me manque pour affronter une engeance qui m'a enlevé Martine. Et je devrais appeler Fred, je crois...

Je devrais, je devrais...

Je devrais faire tant de choses, mais je ne peux plus bouger, enchaîné, au fond de cette cave sans lumière.

Un bruit de pas dans l'escalier, la lampe jaunasse qui s'allume au bout de son fil, les araignées qui s'éclipsent comme par enchantement, trois ombres gigantesques qui se découpent sur l'écran de pierres apparentes. Le motard est accompagné, aujourd'hui. Pas la peine de me faire un dessin, je sais que ma captivité touche à sa fin. Et puis... le silence est déchiré par un rire, celui de Librard, suivi d'un autre plus clair (Sylvie ?) et le claquement métallique d'un couteau à cran d'arrêt qui s'ouvre. Un éclat fugace de sa lame m'éblouit. Fred, au secours !

5

Fred, au secours !

— Putain, t'as vu l'heure, Marc ?
— Y'a pas d'heure pour appeler au secours !
— Tu veux que je vienne ?
— Non, bouge pas, j'arrive.

C'était après. Je veux dire, après la première visite de Librard. C'était surtout après la « fuite » de Sylvie consécutive à notre dernier repas. Il chantait quoi, le père Brel ?

À mon dernier repas,
Je veux voir mes frères
Et mes chiens et mes chats
Et le bord de la mer.

Le bord de la mer, je m'en serais passé ; ici, on n'en est pas privé... À vrai dire, je manquais d'ailleurs plus de frères que de mer, et je ne parle pas seulement des frangins que mes parents ont eu l'infinie délicatesse d'épargner à mon égoïsme viscéral. Quant aux cabots et aux greffiers, je les aime bien (surtout les cabots) mais je voyais mal, en cet instant précis, comment j'aurais pu les héberger dans ma « cellule » de moine paillard. Une chienne suffisait !

C'était (je me répète, je sais, mais j'y tiens) c'était donc après le chant du coucou de la forêt noire (décidément, je serais toujours chocolat...), après le batifolage en couleurs, en relief et cinémascope, après la fuite honteuse de la supposée traîtresse, mais c'était certainement avant son retour espéré, avant qu'elle ne repointe son charmant petit nez retroussé de « shampouineuse » décolorée dans ma pauvre vie, comme si rien d'extraordinaire ne s'était passé, comme s'il était normal, légitime, de m'abandonner à mes questions sans réponse, comme s'il était parfaitement naturel de jouer ainsi, avec un être vraiment trop demeuré. C'était avant le coup de fil de Librard prenant un nouveau rendez-vous. Avant, après... Je ne m'y ferai décidément jamais. Dans cette vie merdique, on était toujours après quelque chose, avant autre chose... Des molécules.

Et le présent, bordel !

— Je me suis mal exprimé, monsieur Vermeuil, et je comprends que vous ayez mal interprété mes intentions.

Texto, je le jure ! J'avais donc le choix entre : accueillir sa demande, petit un, du haut de mon superbe mépris, ou, petit deux, du fond de ma solitude avide de sensations dépaysantes. Difficile de cocher la bonne case quand on manque à ce point d'informations fiables. Il convenait en toute hypothèse de savoir si le retour de Sylvie intervenait avant le coup de fil de Librard ou après. Avant, après... Il fallait surtout avoir une idée précise des propos tenus par Fred. Puisque c'était – semble-t-il – avant... Mais quoi qu'il en soit, avant ou après... ça ne modifiait pas fondamentalement les données de mon problème.

— Tu fais chier, Marc, je suis complètement crevé.

Il avait raison de le dire, je n'aurais pas remarqué ses traits creusés, son haleine fétide, ses yeux injectés de sang... je ne me serais même pas rendu compte de l'absence qui habitait sa petite baraque, près de la gare ; je n'aurais pas pris conscience de l'incroyable désordre qui régnait dans la « cahute », de la vaisselle de plusieurs jours entassée dans l'évier, des vêtements épars, des draps sales, des bouteilles jonchant le sol ; je n'aurais pas vu la seringue sur le coin de la table. Alors, en plein désastre, face à ce clodo céleste qui était mon seul ami, j'ai pensé à un autre poète, le plus grand de tous, monsieur Charles Bukowski. Hank pour les intimes !

— Fred...

— Si tu viens pour me faire la morale, tu peux retourner dans ton presbytère, curaillon ! Mais non, un fils unique confit dans son nombrilisme ne rend pas visite à un copain en pleine nuit pour lui porter secours. Il vient en quémander. Tu tombes mal !

Je tombais mal en effet, mais puisque j'étais là...

— Fred... tu es seul ?

Au registre des questions débiles, celle-ci mériterait de figurer en bonne place. Au panthéon de la connerie ! Comme si quelqu'un avait pu se cacher sous le grabat faisant office de lit... Désolé pour la pauvreté de l'entrée en matière, mais je n'étais pas en état de trouver mieux. Ce qui ne lui a pas échappé. Des yeux et du menton, il a montré la seringue (au cas où je ne l'aurais pas vue) et il s'est mis à chantonner :

— *It is a rainy sunday afternoon*
Drinking Hot Toddy in the living room
And what else can I do
There'se nothing to do
There'se no place to go...

Du Nino Ferrer dans le texte ! Et en duo avec la sublime Radiah, s'il vous plaît ! Toute ma jeunesse ! Notre jeunesse... Jusqu'à l'intro qui me revient avec cette guitare sonnant comme le McLaughlin du Shakti première manière. Nous avions décidément, Fred et moi, les mêmes valeurs. Dans quel coin obscur de sa mémoire était-il allé puiser cette mélodie nostalgique et lancinante qui déchirait soudain le désespoir nocturne, au fond de cette cabane pourrie ?

Après son tour de chant, il s'est affalé sur le pieu, essoufflé, comme après un effort trop violent pour sa nature chétive. N'ayant rien de mieux à faire, je l'ai rejoint. Puisque j'étais là pour ça, autant l'écouter.

— Tu as pensé à Hank, quand tu es entré ? Ne dis pas non, Marc. Mais tu te goures, je n'en suis pas à écrire le journal du vieux dégueulasse que je suis devenu, mais plutôt certains contes d'une folie qui pour sembler ordinaire n'en devient pas moins envahissante.

Il a ouvert une bouteille de « Jackda » qui traînait sous la table, ne s'est pas donné la peine de sortir des verres, a bu (en déglutissant bruyamment) une bonne dose de potion magique, a essuyé le goulot de la paume de sa main crasseuse, et m'a invité à la communion. J'ai communié. Solennellement.

— Ouah ! ça fait du bien !

Même s'il convient de le considérer comme nettement moins important que l'ivresse, je lui ai refilé le flacon. Il a bu, me l'a repassé... Comme ça, sans un mot, avec un minimum de gestes, jusqu'à la dernière goutte, pour être bien sûrs de nous défoncer la gueule proprement. Irrémédiablement.

— Tu sais Marc... t'as bien fait de venir. Je t'aime bien.

— Moi aussi, Fred, je t'aime bien. Je reviendrai...

— Promets-le, Marc

— Je te le promets, Fred.

Et cet enfoiré de Brel qui chante encore (c'est toujours le même disque, un 45 tours EP d'époque). Je le vois, le grand Jacques, un peu gauche dans son costard Prince de Galles, avec cette poche de bonbons à la main, je crois, sur un fond gris-bleu : « *Non, Jef, t'es pas tout seul* ».

Toi non plus. Fred. Tu l'es pas, mon salaud !

*

Il faisait très froid dans la voiture. Humide, surtout. Ici, l'hiver, c'est de l'humidité froide, rien d'autre. Et dehors, dans le faisceau des phares jaunes de ma 205 rouge et dans le halo des néons clairsemés, elle était en suspension, l'humidité, tapie dans la nuit, surprise par mon intrusion, hallucinée. Arrêt sur absence d'image ! Vite du son, du bruit, une présence, n'importe quoi ! J'ai allumé l'autoradio à façade détachable que je ne détache jamais ; France Inter, Macha Béranger, sa belle voix grave de fumeuse, sa gentillesse, sa qualité d'écoute, son dévouement... Oui, son dévouement. Le SAMU social des âmes. Elle a quel âge, Macha ? Je me pose vraiment des questions à la con, en ce moment !

Du quartier de la gare à mes pénates du Front de mer, je n'ai croisé qu'une bagnole – à la hauteur de la Poste – pendant un long silence de l'interlocutrice de Macha. Auditrice publique, Macha, une consœur en quelque sorte.

De retour au studio, j'ai allumé le petit radiateur d'appoint pour tenter de chasser toute l'humidité dont je me sentais imprégné. J'ai mis un CD dans le lecteur, un Miles période électrique particulièrement déjanté, *Pangaea*, un concert au Japon en 1975, avec Sonny Fortune au sax et Al Foster à la batterie. Premier morceau, *Zimbabwe*, plus de quarante minutes, le temps de voir venir. Le temps d'allumer une gauloise, de me servir un grand verre de whiskey irlandais, de chercher un site de cul sur Internet.

Solo d'alto. Ça décoiffe sec ! Plus que la grognasse occupée à se tripoter avec des gestes trop appliqués pour être sincères. Un moment, pas bien longtemps, je me suis demandé si j'allais bander. Même pas ! Si seulement j'avais eu le numéro de téléphone de Sylvie, ou son adresse... Je disposais bien des coordonnées de sa soi-disant copine au chômage, mais... je sentais confusément que mieux valait ne pas utiliser pareils renseignements. Une impression... Alors, en cet instant précis, j'ai vraiment pris conscience que je ne savais rien (mais alors, absolument rien !) de cette nana sur laquelle je frottais ma peau presque chaque jour, sur le coup de midi. Quand la céleste trompette a ramené (très provisoirement) une atmosphère plus apaisée, juste avant le duo batterie-percus (un sommet), j'ai avalé mon Irlandais à petites gorgées, tranquillement, et j'ai pris ma décision. Je peux affirmer que l'énorme godemiché noir qui s'agitait frénétiquement sur l'écran rose et vibrant de ma longue nuit blanche, n'y fut pour rien.

J'avais l'esprit très clair, désormais. D'autant que ma bonne Fortune en remettait *« ine secouée »*, *coum'j'disons peur cheu nous !* Allez, un dernier verre, une ultime cigarette, un « *last but not least* » regard concupiscent à la fille virtuelle qui vient de trouver chaussure orthopédique pour prendre son pied... Après, dodo.

Moi aussi j'ai trouvé ce que je cherchais.

Quand on veut bien s'en donner la peine...

*

— Je me suis mal exprimé, monsieur Vermeuil, et je peux comprendre que vous ayez mal interprété mes intentions.

Il se répétait lui aussi, mais bon... le ton était conciliant. Une chance, j'avais décidé de l'être aussi.

— Je me suis sans doute emballé l'autre jour... j'ai dû me méprendre... il ne faut pas m'en vouloir... vous savez... je suis un peu...

— Je sais, Marc, vous êtes... impulsif, ce dont je ne saurais vous faire grief. C'est le privilège de la jeunesse, si vous m'autorisez cette appréciation justifiée par notre différence d'âge. Au demeurant, pour tout vous dire, je m'attendais un peu à votre réaction ; Sylvie m'a beaucoup parlé de vous.

Très classe, la politesse du mec, je n'en disconviens pas. *Fant d'cheun' !* Parce que faudrait pas croire (ni confondre), la Banque de France, le paroissien qui la dirige et qui a oublié d'être drôle, c'est pas un vulgaire directeur, c'est un gouverneur.

Comme je vous l'dis, mes bons zamis ! Alors, vous pensez... les « jeunes » paumés qui gagnent (bien mal, je vous assure) leur vie en rédigeant les déclarations d'impôts des ploucs de Saintonge maritime, on peut se permettre de les appeler par leur prénom, pas vrai ? « Marc, mon bon Marc, passez-moi la théière en porcelaine de Chine et la cuillère en argent de feu ma regrettée grand-tante Marie-Charlotte Grassouillette de Moncul-sur-la-Commode, et tant que vous y êtes, mon jeune et délicieux ami, allez donc torcher la baronne, elle a fini sa crotte ». Familier, le bonhomme... Et en plus, après ses ronds de jambe condescendants, le voilà qui me balance sans vergogne et sans prévenir, le *scoop* de la semaine : Sylvie lui a beaucoup parlé de moi (en bien, je n'en doute pas), ce qui sous-entend qu'elle raconte n'importe quoi sur mon compte, n'importe où, n'importe comment, avec n'importe qui. Pas la peine de passer des annonces dans *Le Charentais*, j'ai une attachée de presse ! Et comme une mauvaise nouvelle ne vient jamais seule :

— Elle est tellement spontanée, notre Sylvie.

Tiens donc, la blonde et trop tendre enfant se partage donc entre deux propriétaires. « Notre Sylvie », avoue-t-il avec une fausse ingénuité qui pourrait passer pour naturelle. Je n'invente rien ! « Soyez gentil, mon petit Marc, laissez les clés de la copropriété chez la concierge, cette brave madame Ravichol. Et n'oubliez pas le pourboire ». Quant au vocabulaire de mon nouvel et classieux associé, s'il est empreint d'une préciosité certaine, sa précision en revanche, est plus discutable : « spontanée », la môme Sylvie ! Tu parles, j't'en foutrai, moi, d'la spontanéité d'shampouineuse décolorée, maquée avec un genre de banquezingue hors d'âge !

— C'est ce qui fait tout son charme...

Je viens de parler. Il faut bien dire quelque chose... Mais là, franchement, même si la môme Sylvie n'est pas dénuée de charme, je charrie un chouïa d'aller dire des trucs pareils à un vieux bonhomme que je ne connais même pas et qui pourrait bien être un rival. Je suis un brin faux-cul, quand les circonstances l'exigent ! Vraiment. J'en aurais même honte si je n'étais pas aussi fier de mon plan. Oui, j'ai un plan, moi. Et l'ancien préposé aux assignats n'est pas loin d'y foncer abdos à terre et calvitie baissée.

Stop ! Pause ! *Stand-by* ! en jargon audiovisuel. Repos ! en dialecte militaire. On se décontracte, on respire bien fort, on écoute son corps... en patagon de salle de muscu. Inspiration (si on veut...) expiration (c'est plus facile). Prêts ? J'explique : en fait, le plan auquel je me référais (avec une prétention bien exagérée ou plus précisément, une tendance prétentieuse à l'exagération) en cet instant décisif, était en cours d'élaboration. Il était en gestation, mon plan. Mais il allait constituer (je n'en doutais pas) la suite logique en forme de couronnement triomphal, de ma décision matutinale consécutive à mes profondes réflexions nocturnes et néanmoins alcoolisées. Plus clairement, le coup de fil du banquier en retraite tombait à pic. Il me permettait de passer de la phase théorique à sa mise en pratique, tout en esquivant le vulgaire et fastidieux calcul. Merci, monsieur Librard pour cet accouchement sans douleur. Un commentaire sur cette belle réussite ?

— Afin qu'il n'y ait pas de malentendu, mon cher Marc... je peux vous appeler Marc, n'est-ce pas ?

Why not ? Fais comme chez toi, mon prince ! Va surtout pas t'emmerder avec les règles de la plus élémentaire bienséance, c'est juste bon pour les bourges de province, ces conneries-là ! Un peu comme les patins pour traverser la salle à manger. Et puis... tu as remarqué, aujourd'hui, je ne suis plus à une hypocrisie près :

— Bien sûr, monsieur Librard.

— Je vous remercie, Marc. Je vois que Sylvie n'avait en aucune manière surévalué vos remarquables qualités relationnelles.

C'est pas prudent ça, espèce de vieille croûte ! Tu devrais savoir qu'il faut toujours attendre que la première couche soit sèche avant de passer la deuxième, sinon les couleurs risquent de se mélanger. Un peu comme mes impressions du moment qui ne font pas précisément dans... l'impressionnisme. Parce que moi, quand on en rajoute à ce point-là, je commence (je finis) par me demander si on ne se fout pas de ma gueule. Et si le fameux plan dont je me suis prématurément targué, ne serait pas plus le sien que le mien. C'est compliqué, je sais, mais la vie n'est pas simple, non plus ! Laissons-le donc poursuivre :

— Voilà, mon cher Marc, puisque vous avez l'infinie bonté de m'autoriser cette familiarité tout amicale, j'ai une petite proposition à vous faire. Honnête, je vous rassure.

Et je n'en doute point ! Enfin... nous y voilà. C'est pas trop tôt !

— Pourquoi ne pas venir dîner à la maison, un soir ?

Pour une fois, il n'a pas pris de détours. Il y est allé franco ! Et tu sais quoi, mon bon seigneur ? Je vais l'accepter ta proposition. C'est ça, mon plan. Enfin... le début de mon plan. Ou du tien...

— Disons... demain soir, par exemple.

Autant battre le fer pendant qu'il est chaud. Et croyez-moi, je le suis ! Simplement, après l'avoir battu, le fer, on le trempe dans l'eau froide. Pschhh ! Quand j'étais gosse, il y avait un forgeron (pardon, un ferronnier, à Mornac), j'ai vu ça mille fois. Pschhh ! La vapeur d'eau...

— Si vous n'y voyez pas d'objection, mon cher Marc, je suggère que notre adorable Sylvie se joigne à nos innocentes agapes. Elle sera comme un rayon de soleil à notre table.

Il est délicieux cet homme. Positivement ! Il va au-devant de mes désirs les plus chers et les plus secrets en m'offrant sur un plateau, la confrontation tant espérée. Il suffit que j'élabore un plan, au terme de mille circonvolutions, et le voilà qui se propose de m'aider à le réaliser. Cher Xavier. Très cher Xavier, vous êtes mieux qu'un ami pour moi, vous êtes mon chemin, mon guide, la lumière qui troue les ténèbres de mes nuits solitaires, vous êtes un père (pardon, papa, ce n'est pas ce que je voulais dire).

— Nous pouvons donc compter sur vous, Marc ? Vous verrez, Valérie-Anne est un vrai cordon-bleu.

Jusqu'à Valérie-Anne, tout était prévu (quasiment) mais en voilà une qui avait échappé au *casting*. Ce qui modifiait la mise en scène. D'autant qu'avec un nom pareil, ce n'était certainement pas la femme de chambre, Valérie-Anne, mais plus sûrement la maîtresse de maison, l'épouse (forcément légitime) de l'auguste personnage qui daignait m'inviter en sa royale demeure. Où ça, au fait ?

— Nous habitons sur le boulevard Garnier.

Je l'aurais juré.

— Une petite villa toute simple.

Je n'en doute pas. Le boulevard Frédéric Garnier, c'est celui qui conduit à Saint-Georges-de-Didonne par une longue ligne droite et par la côte. Vue sur Cordouan, la pointe de Grave et l'embouchure de la Gironde, maisons belle époque ayant miraculeusement survécu au bombardement de 1945 et à la tempête du 27 décembre 99. En pierres de taille, la plupart des façades. Voilà bien, en effet, un décor qui respire la simplicité. La simplicité comme la conçoit ce bon Xav' ! Pas cher, en plus, l'immobilier... compte tenu du cadre, évidemment ! Un genre de mini-croisette ou de promenade des Anglais... les palmiers en moins, les embruns en plus.

— Alors, c'est entendu, Marc. Demain soir, vingt heures. Vraiment, je me fais par avance une joie de cette rencontre.

Encore quelques flatteries pour couronner le tout, et il m'avait souhaité une excellente journée avant de raccrocher sur son antique téléphone en ébonite blanche que j'imaginais gainé de velours vieux rose. Je bus mon café sans trop me départir d'un sourire connement satisfait. Pas facile, pourtant, de boire en souriant. D'autant que le café était froid ; après trois gorgées, je versai le reste du bol dans l'évier qui, comme celui de Fred, débordait de vaisselle sale. J'envisageai vaguement de mettre un semblant d'ordre dans le studio en partance, mais l'envie fut trop fugace. Ou les pensées parasites trop fortes. Verrais-je Sylvie avant le rendez-vous chez l'ami Librard ? Dans l'affirmative, comment aborder le sujet ? Et dans la négative, quelle attitude adopter en la retrouvant boulevard Frédéric Garnier, une flûte de champagne à la main ? La saluer froidement, comme s'il s'agissait d'une vague connaissance ? L'embrasser ? Sur les joues ? Sur la bouche ? Ailleurs ? Va savoir... Trop de questions sans réponses dans ma tête qui bourdonne, qui fait mal, qui fonctionne au ralenti, qui réclame du carburant, son cocktail favori, aspirine-cognac-cigarette-vent du large. Putain ! On étouffe ici ! Besoin d'air frais.

6
Besoin d'air frais.

Il faut être franc. Dans notre bonne ville, la pollution atmosphérique ne constitue pas le problème principal. Les usines sont rares, si on excepte celles à débiter du touriste à longueur d'été... Pendant dix mois, on a donc la chance de pouvoir respirer à notre aise. Mieux que dans cette saloperie de cave dont je viens de m'évader une fois de plus, même si je sais pertinemment que les tortionnaires me reprendront.

Merde ! le paquet de clopes est vide. Il ne me reste plus qu'à remonter au studio où j'ai toujours une cartouche d'avance. J'en profiterai pour me faire chauffer un bon grog à l'eau-de-vie. Une ingestion de lave en fusion me fera du bien. Je bois beaucoup depuis quelques jours... ou quelques semaines... depuis ma rencontre avec Librard. Fred m'a conseillé de fumer un peu d'herbe inoffensive plutôt que de m'arsouiller comme ça, du matin au soir. Il a certainement raison. Il a toujours raison, Fred. Il a juste tort de se piquer ; la dope, ça ne vaut pas mieux que la boutanche ! Pas vrai, l'artiste ?

Le pinard, ça devrait être obligatoire !

Avant tout ça, je ne picolais que le soir et un peu à midi ; je me maintenais tout au long de la journée, dans un état... disons... normal, me permettant de recevoir à peu près... normalement mes clients. Maintenant, j'attaque à l'Irlandais dans le café du matin et je continue dès que les tremblements reprennent. Il ne s'agit plus d'ivresse, mais d'un état permanent de déliquescence, d'une maladie que je soigne (dont je calme la douleur) avec le seul remède efficace. Un remède mortel comme il se doit. Le mal par le mal !

Ma première cuite, c'était à Mornac, au *Tahiti*, sur le port. J'avais quinze ans... et j'avais voulu éblouir mes copains. Une réussite !

Géraaaaard, tu fais honte à ta pauvre mère !

Je pensais surtout qu'en « jouant à l'homme », au mâle, je me donnerais de meilleures chances de séduire Babette. En fait, ma petite chérie, elle n'avait apprécié que modérément. Il faut dire que ma prestation avait fini en capilotade quand un grand type rougeaud (un pêcheur de *pibales*, un frère de la côte) était entré dans le bar avec ses cuissardes, une casquette bleue sur ses cheveux trop longs, et une salopette maculée de vase sèche qui mettait bien en évidence son gros bide. Il s'était installé à côté de nous, au comptoir, et avait commandé un « jaune », en se roulant une cigarette de gris. Je ne sais plus ce que j'avais dit pour faire mousser mon humour boutonneux auprès de ma désirée, mais... le gonze l'avait mal pris.

— Tu vas le fermer, ton claque-merde, morpion ?

J'étais courageux à l'époque. Téméraire, plutôt. Imprudent, aussi. J'avais chopé l'mec par le colback (comme dans la chanson de Renaud) et lui avais clairement signifié que dans ce bistrot, dans tout Mornac (et dans le monde en général), le patron c'était pas forcément celui qui avait le ventre le plus rebondi :

— J't'emmerde, gros-plein-d'soupe ! Dégage de là si tu veux pas que j't'explose la tête !

La suite est encore douloureuse, vingt ans après... Putain, le maousse ne m'avait pas raté. Je revois, à travers un écran fluide et rouge, « les vitres superposées de la pensée » dont parlait Breton, sans doute, je revois donc Babette, Laurent... et Fabrice, penchés sur moi comme trois anges de l'enfer, trois cavaliers de l'apocalypse. J'ai juste le temps de me demander où est passé le quatrième guignol, pendant que ma tête vibre encore et qu'une migraine s'installe pour des semaines. Des années ! Puis, je perds conscience pour ne la retrouver que dans mon lit, baigné de vapeurs d'arnica et de Synthol, sous le regard humide de ma mère aux cent coups.

Certes, ce n'était pas la première fois que je me faisais casser la gueule... On se « castagnait » pas mal, à l'époque, à la sortie des boîtes. C'était la grande mode des boîtes de nuit, dans ces années-là. Des *night-clubs* (ou *niches-clubes*, selon la formule de notre voisin, le père Forgerit). « La Grange » à Breuillet, « Les Pirates » à Vallières, « Le Rancho » à Saint-Palais, « Le Scotch » sur la plage de Pontaillac... J'ai l'impression que c'était dans une autre vie. Aujourd'hui, les boîtes qui subsistent se sont spécialisées, me semble-t-il... Soit, elles s'adressent à de « vieux » nostalgiques de mon âge, des presque quadras ; soit, elles sont « ciblées » sur les gamins en quête de « techno » et en mal de « rave ». Les temps changent. Les distractions aussi... Maintenant, on se rencontre plus facilement sur le web.

*

Ma tête aujourd'hui, après ce grog violent, sonne un peu comme il y a vingt ans, après le formidable coup de boule du pêcheur de *pibales* (civelles pour les « parigots têtes de veaux »). K.-O. ! Je suis affalé sur le canapé en velours défraîchi, le bol vide à la main. Je pense que mes deux clients sont partis, qu'ils suivront l'exemple des autres et, dégoûtés par mon attitude irresponsable, ne reviendront pas. Bientôt je n'aurai plus qu'un seul client, et je pourrai lui consacrer toute ma journée (actuellement, je ne travaille pour lui que le matin). Mais le vampire ne sera pas rassasié pour autant, lui qui espère jusqu'à ma dernière goutte de sang. Après mes matinées, mes après-midi, le monstre réclamera mes soirées, mes nuits. Ma vie ! Il me fera faire une cure de désintoxication pour mieux profiter de moi, il m'interdira de voir Fred. Je serai son esclave, sa chose, son objet, son jouet.

Je le suis déjà. Quelques jours de collaboration (quel vilain mot !) et me voilà pieds et poings liés, à la botte de cet individu trop aimable pour être sincère. Et toujours autant de questions sans réponses ! Une en particulier : quel rôle joue Sylvie dans cette farce ?

Je balaye d'un regard circulaire le studio. Justement il est balayé de frais, la vaisselle est propre, les bouteilles sont rangées ; la femme de ménage est passée ce matin. Elle passe trois fois par semaine, maintenant. Merci, monsieur Librard.

7
MERCI, MONSIEUR LIBRARD.

— Ce repas était une excellente initiative. Vraiment, je ne sais comment... Toutes mes félicitations, madame Librard, vous êtes un véritable cordon-bleu.

— C'est ce que dit toujours mon mari, mais il est si flatteur...

— Non, je vous assure, j'ai passé une soirée merveilleuse.

J'exagère un peu, dans ces cas-là, je sais... mais je dois au moins admettre que mes hôtes ont fait de louables efforts pour rendre ce dîner particulièrement agréable. Un apéritif servi dans un délicieux petit salon oriental exhibant son incontournable narguilé. Des toasts beurrés, fabrication maison, pour accompagner un whiskey irlandais de quinze ans d'âge servi sans les infâmes glaçons qui tuent le bouquet. Le rusé connaissait manifestement mes préférences. Puis, passage à la salle à manger. Mobilier Louis XV tout en courbes comme le rugby du même chiffre, nappe brodée, serviettes en tissu parfumé à la *Soupline*, couverts élégants (mais pas en argent, c'est bon pour les arrivistes). Une seule fausse note, mais de taille : les assiettes « artistement » décorées de scènes cynégétiques.

D'abord j'ai fait la gueule. Pas à cause des couverts. Au contraire, j'ai apprécié que les bourgeois n'imposent pas l'argenterie familiale à un pauvre type dans mon genre. D'autant que l'argenterie c'est peut-être chic, mais ça donne un drôle de goût à la nourriture. Je trouve... Non, ce qui me défrisait, c'était mon assiette. Pas ce qui était dedans, les deux tranches de foie gras de canard accompagnées d'un Barsac sublime dans un verre à pied. Non, je parle de l'assiette elle-même, de ce dessin bleu sur lequel un cerf magnifique entouré de clébards en furie, se faisait saigner par un seigneur. Seigneur ! comme je hais cette chasse à court de sentiments ! et les chasseurs !

— Vous n'êtes pas chasseur, Marc ?

Poussée d'urticaire. Forte démangeaison. Tentation d'abandonner les bonnes manières, d'avoir recours à la vulgarité pour répondre à pareille provocation. Chasseur ? Moi qui jouis (c'est une image, une métaphore...) chaque fois que je croise un graffiti anti-chasse sur un transformateur du lobby pronucléaire : « Chasseurs = Assassins » ; « La chasse, ça tue, ça pollue, ça rend con ». Regard à Sylvie (anormalement sage), à cette brave Valérie-Anne qui se donne tant de mal pour me recevoir du mieux qu'elle peut. Finalement l'éducation aura le dessus. Choix de la sobriété. Maman, tu serais fière de ton fils.

— Non.

Plus sobre, je meurs ! Et je finis mon Barsac d'un trait, pour dissiper ce goût de renoncement, de lâcheté, de honte qui m'envahit. Et l'autre enfoiré qui se marre :

— Vous n'êtes pas écologiste, tout de même, mon cher Marc ?

Hé ben... si, justement, j'suis écolo. Et j't'emmerde par-dessus l'marché, espèce de sale viandard ! Tu peux poursuivre, tu ne changeras rien à mes idées, égorgeur de créatures sans défense.

— Notez bien, mon cher Marc, que je suis moi-même un grand amoureux de la nature. Vous savez, bien souvent, les chasseurs sont les premiers protecteurs de la nature.

Bin té ! comme dit le Mornaçon. Les criminels ne sont-ils pas les meilleurs protecteurs de leurs victimes ? Géniale, la théorie : le meurtre protégerait de tous les tracas de la vie, l'immigration sauvage, la diminution de la couche d'ozone, la pauvreté, le chômage, les impôts trop lourds, les démarcheurs en produits de vaisselle, les zones industrielles, Chirac, la migraine, le vieillissement, l'impuissance, l'envie de pisser, les témoins de Jéhovah, les règles douloureuses, la chasse... Et le meeting continue, bientôt on va brûler Voynet, cette « salope intégriste » :

— La chasse est un sport merveilleux, qui procure des émotions profondes. Vraies. Les écologistes, qui sont le plus souvent des urbains, ne peuvent pas comprendre cet appel de la nature, cette communion subtile entre l'homme et l'animal.

Amis de la chasse, de la communion et de la subtilité, bonsoir ! Il déraille complètement mon banquier de France ! C'est qui le rat des villes ? C'est pas lui ? Et moi, je ne serais pas un rat des champs ? Né à Vaux (sur mer), élevé à Mornac (sur Seudre) ! Merde, un Nurbain !

Voyant que j'allais finir par me départir de ma belle neutralité, Sylvie est intervenue avec un art diplomatique consommé, après s'être assuré le soutien logistique de Valérie-Anne.

— S'il vous plaît, Xavier, Marc... vous n'allez pas nous ennuyer toute la soirée avec cette discussion strictement masculine.

— Sylvie, vous êtes adorable de féminité, a répondu le gracieux maître de maison, assassin à ses heures. Pardonnez-moi ces propos trop virils que seule la passion peut excuser. D'ailleurs, mon cher Marc, nous aurons l'occasion de poursuivre prochainement cette intéressante conversation. En tête-à-tête.

Des menaces, maintenant ? J'ai bien failli me rebeller contre cette reddition en rase campagne, mais Sylvie m'a cloué le bec en glissant subrepticement sa main entre ma serviette et la braguette de mon pantalon. Une caresse discrète... Non, plutôt une pression... un peu... pressante. Le genre d'argument auquel je résiste rarement (ce qui signifie, jamais). Tant mieux, j'étais sur le point de craquer tout en sachant parfaitement que c'était le but poursuivi par mon noble interlocuteur. Je ne devais surtout pas me laisser aller à mes instincts ; toute altercation, énervement, colère... ne serait pas en conformité avec la ligne de conduite que je m'étais fixée. *Moët Hennessy*, comme disent les buveurs de thé. Ce qui ne nuit en rien au processus érectile déclenché par le geste de ma douce amie. Ah ! bander à la table de bourgeois que j'imagine cathos, quel bonheur ineffable ! Allez, ma puce, fais glisser la Fermeture éclair et sors-moi cette bestiole, qu'elle respire le bon air de la morale judéo-chrétienne, pendant que les flingues sont au râtelier !

J'étais assis à côté de Sylvie, bien sûr. En face de la mouette Valérie-Anne qui battait fréquemment des ailes pour aller chercher l'agrainage à la cuisine. Les Librard avaient su rester simples et se passaient, comme je pouvais le constater, de gens de maison. Je veux dire... pour le service à table. À moins qu'il ne fût dans leurs intentions de me berner en affichant une fausse modestie visant à me mettre en confiance pour mieux m'exploiter par la suite. Ouais, on les connaît, les rupins (chasseurs de surcroît). Toujours prêts à entuber les humbles, les candides, les purs !

« Dis-donc, Marc, tu s'rais pas en train d'nous la jouer parano, des fois ? » Voilà ce que je finis par me dire tandis que Sylvie retirait sa main de ma braguette sans avoir fait sortir le « petit-oiseau-de-toutes-les-douleurs », et sans – par voie de conséquence – en avoir calmé la confortable raideur sous-jacente. Parano, en effet. Qu'est-ce que j'allais m'imaginer avec ces deux vieux. N'étaient-ils pas de bonne compagnie ? et sympathiques ? Leur accueil (à l'instar de leur menu gastronomique) n'était-il pas délicieux ? leur conversation, finalement plaisante ? Ils paraissaient d'ailleurs nettement moins que leur âge. Elle, surtout !

Valérie-Anne était en effet sensiblement plus jeune que son mari. Disons... entre cinquante-cinq et soixante ans. Infiniment réservée, elle avait peu parlé jusqu'à l'intervention de Sylvie, se limitant à de courts propos pratiques essentiellement centrés sur l'exercice de son art culinaire. Elle rougissait sous le compliment, et souriait avec un naturel désarmant. Je commençais donc à penser que cette femme estimable faisait plus ou moins partie du mobilier, quand, me regardant droit dans les yeux – ce qui ne manqua pas de me... désarmer – elle me posa la dernière question que j'attendais de la part d'un meuble, fût-il occupé à flamber la langouste :

— Je me suis toujours demandé ce que pouvait lire un professionnel de l'écriture. Aime-t-il encore lire ?

Fred, au secours ! Je sais, mon pote, ce n'est pas la première fois que je t'appelle et ça risque de se transformer en mauvaise habitude. Mais là, franchement, tu ne serais pas de trop !

Contre toute attente, c'est Librard qui me sauva en m'accordant le temps nécessaire pour rassembler les pièces du puzzle mental éparpillées sur la nappe plus immaculée que la conception :

— Anne, ma chérie, tu risques d'ennuyer notre invité avec tes questions indiscrètes. Les choix littéraires constituent chez l'honnête homme une démarche très personnelle et parfois secrète. Et puis, ce cher Marc ne nous fait pas l'honneur et le plaisir de sa présence pour soutenir une thèse sur ses options professionnelles.

Exprimé autrement : « Tu devrais savoir, espèce de pétasse, qu'à table, on ne cause pas boulot ! Alors, tu retournes vite fait dans ta cuisine et tu fais pas chier ! »

Là, je dis « stop ! » Et si j'avais envie, moi, de parler de mon travail avec l'entière moitié de ce zéro, ce n'était pas lui, le retraité de la pompe à fric refusant la privatisation, qui allait m'en priver, bordel ! Parce que... même s'il se permettait de l'appeler Anne dans l'intimité de leur couple – ce qui demeurait, j'en conviens volontiers, son droit le plus strict – je restais tout de même libre de préférer

Valérie-Anne. Et j'avais une farouche envie de signaler au goujat que présentement, il n'était pas au pieu avec bobonne, mais à table avec des invités. Il n'avait donc pas à s'autoriser de telles privautés en la présence d'étrangers. D'autant que je n'avais pas levé le moindre doigt pour me voir accorder le privilège amphibologique de tenir la princière chandelle. Pas la peine ! J'imaginais sans peine le monologue du verrat en rut : « Anne chérie, passez-moi la motte de beurre, je vous prie ».

La pauvre en était rouge de confusion. Et moi, si sensible à la détresse féminine en butte à l'injustice et aux mauvais traitements, j'en étais gêné pour elle ! Tel le preux chevalier ignorant le danger pour voler au secours de sa belle, enfermée dans le donjon du cruel cavalier noir et de ses affreux soudards barbus, j'ai revêtu mon armure de sept lieues, abaissé le sweet heaume de mon casque à pointe, hélé mon dévoué Hugo : « Çà, qu'on selle, Écuyer, mon fidèle destrier ». J'ai salué de la main, mon vieux père qui ne reverrait sans doute jamais ma fière et hardie silhouette se détacher en contre-jour sur le soleil déclinant de ses quatre-vingt-huit printemps ; j'ai tiré ma longue épée de son fourreau incrusté de nacre, et piqué les éperons dans les flancs de la blanche carne. « Hue, cocotte », « Suce », « Un pour tous, tous bourrins », « Si tu ne viens pas à Bernard-Henri Lévy, BHL ira-t-à-toi ». Voilà c'que j'dis moi ! C'est-y-pas-vrai ?

— Si je puis me permettre de vous contredire, mon cher Xavier (je peux vous appeler Xavier ?), je trouve au contraire le sujet abordé par Valérie-Anne, fort intéressant. Et des plus... opportuns.

Tiens, prends ça dans ta tronche de bourge ignare, et mets ton chapeau de capitaliste affameur par-dessus, empêcheur de se cultiver en rond.

Après, pendant le magret surtout (le canard s'est toujours bien marié avec la sauce littéraire), chacun y est allé de ses auteurs favoris. À part, les Américains (Jack London, Steinbeck, Faulkner...), mes hôtes ne connaissaient pas les noms que j'ai cités, ce qui nous a fait gagner pas mal de temps et m'a évité de fastidieux développements. Certes, tout le monde n'a pas encore entendu parler de Jean-Pierre Campagne, mais je croyais sincèrement que la notoriété de Pierre Bordage avait dépassé depuis longtemps, le cercle des initiés...

Satisfait d'avoir rempli mon contrat, je me penchai poliment vers Valérie-Anne et lui retournai sa question. Déception ! Il s'avéra que le cordon-bleu n'était pas très bas-bleu puisqu'elle avouait apprécier, sans modération, la fade tambouille réchauffée par ces innombrables marmitons de l'écriture se complaisant dans la soupe pseudo-sentimentale. C'était bien la peine de faire seller le canasson et de tirer l'épée !

Vint le tour de Xavier. Déjouant tout pronostic favorable à Jean d'O, notre Librard de service tenta de nous faire partager sa passion pour Louis-

Ferdinand Céline. Je ne suis pas bégueule, mais tout de même... je pense que certains textes, par leur seule présence, disqualifient une bibliothèque, et je ne parle évidemment pas de *Voyage au bout de la nuit,* ce pur chef-d'œuvre, ce fleuron de notre littérature nationale. Mais enfin... Céline ! voilà un écrivain au style éblouissant, mais qui sert toujours d'alibi aux nostalgiques des pires théories racistes. Si encore, il avait « pensé » l'antisémitisme, Céline, il pourrait revêtir (à la rigueur) un (bien mince) intérêt historique, mais ce n'est même pas le cas. Non, vraiment, je ne lui trouve pas la moindre excuse au docteur Destouches, et je n'ai jamais pu apprécier complètement l'œuvre célinienne, tant la triste personnalité de son auteur me la rend suspecte !

D'accord, je suis énervé, je deviens violent, injuste, intolérant, imbécile même. Qu'importe, j'assume. Il me met toujours dans cet état, Céline... Même Fred me trouve de mauvaise foi. En cet instant, il me rappellerait l'admiration inconditionnelle manifestée par Hank à l'égard de celui qu'il définit comme « le plus grand écrivain depuis deux mille ans ». Et alors ? Qu'est-ce que ça prouve ? Même les génies se trompent parfois... pas vrai, monsieur Sartre ?

Agiter toutes ces pensées confuses pendant la longue péroraison de l'ancien de la banque du Reich, m'a permis d'éviter l'explosion qui menaçait de tout gâcher. J'ai serré les dents, je n'ai pas commenté, pas souri, pas bronché, à aucun moment je ne me suis départi d'un silence aussi pesant que réprobateur. Sentant le malaise, Librard a insisté, a gauchement tenté de se justifier, a cherché des excuses. Curieux comme les thuriféraires de ce drôle d'oiseau éprouvent le besoin d'argumenter leurs malsaines pulsions. Au risque bien inutile de s'enfoncer encore.

Sylvie prit alors la parole afin de clore en beauté, ce tour de table critique. Lourde responsabilité ! Passer après Céline, il faut commencer par passer la serpillière... En fait, Sylvie se révéla très rapidement et sans la moindre équivoque, la plus cultivée, la plus raffinée, la plus éclectique des quatre convives. Elle connaissait parfaitement les anciens et fréquentait assidûment les modernes, professant une opinion aussi éclairée que nuancée sur Céline, lequel n'en méritait sans doute pas tant... Quoi qu'il en soit, la culture de Sylvie et la pertinence de son discours m'éblouirent ! J'ignore si elle produisit un effet semblable chez les Librard, car ils n'existaient plus pour moi. J'étais sous le charme de cette petite nana dont, à ce jour, je n'avais apprécié que le savoir-faire sexuel. Merde ! elle s'exprimait bien, en plus ! avec une chaleur qui, associée au Graves 1985, colorait agréablement ses joues, animait gaiement ses petits seins pointus que nulle « prothèse » n'entravait. L'intelligence aussi, peut être excitante. La preuve !

Quand le dessert est arrivé, j'étais bien, la main

gauche de Sylvie au chaud sous ma serviette blanche. Les profiteroles de Valérie-Anne n'étaient pas mal non plus.

Avec toutes ces sensations plaisantes, j'avoue avoir oublié comment ce bon vieux Carco a pu couronner notre curieuse revue de presse littéraire. Sylvie peut-être... mais comment aurait-elle pu deviner que le plus « parigot » des Néo-Calédoniens avait fait rêver mes jeunes années provinciales ? qu'aujourd'hui encore, rejoignant tardivement mon studio dans la lumière glauque des réverbères se reflétant sur le trottoir humide et désert, à l'angle de chaque U, l'ombre d'une poubelle me rappelait cet *homme traqué* qui avait procuré de si délicieux frissons à mon adolescence en mal d'exotisme et d'aventure. Fred lui-même, ne jouait-il pas *Jésus la Caille* ? C'était toute une période de ma vie qui revenait en rafales tièdes.

Vraiment, je ne m'attendais pas à passer dans cette luxueuse villa du boulevard Garnier, une soirée aussi agréable. Et ce n'était pas fini... Quand le piège s'ouvrit, j'étais mûr pour y tomber les yeux fermés.

— Fumeriez-vous un havane, mon cher Marc ? J'ai ramené de notre dernier séjour à Cuba quelques *Partagas* absolument divins. À moins que vous ne préfériez un *Monte-Cristo*.

Deux heures sans la moindre gauloise, et l'autre qui me propose un barreau de chaise ! Je ne risquais pas de refuser une offre aussi alléchante. Sa complice n'avait plus qu'à tirer la trappe pour me précipiter gentiment dans la fosse.

— Oh ! De grâce, messieurs, je supporte mal l'odeur du cigare. Pourquoi n'iriez-vous pas faire un tour au salon, nous pourrions parler chiffons, entre femmes.

Nous nous sommes levés sans même penser que la blonde intellectuelle avait menti et qu'elle aurait très vraisemblablement préféré fumer un havane au salon, que causer chiffons à la cuisine, en compagnie d'un cordon fût-il bleu. Mais... c'était sur le point de devenir une évidence. Sylvie faisait partie du scénario.

Voilà, le piège s'était refermé, j'étais dedans.

*

Dans le petit salon oriental – lumière tamisée, musique d'ambiance – avec le très distingué Librard. Face-à-face dans la fumée. Une merveille, le cigare ! surtout pour accompagner le rhum cubain si parfumé, du *Havana Club* quinze ans d'âge, ambré à souhait, fruité à point, une liqueur indigne des faux dieux adorés par notre époque matérialiste. Envie soudaine de me rouler sur le tapis kurde ; tête dans les motifs géométriques du plafond en stuc ; douce somnolence ; érection persistante (c'est pas pour me vanter, je le jure !) ; bien-être du corps, repos de l'esprit, sérénité ; une voix, très loin dans l'épaisseur du nuage, une voix calme, chaleureuse, persuasive :

— Mon cher Marc, il faut que nous parlions sérieusement...

Voix qui me berce au rythme d'une valse curieusement hypnotique ; voix qui balaye en douceur toutes les barrières ; voix de miel ; voix qui plane ; voix chuchoteuse ; voix tentatrice... Et la mienne qui s'élève à son tour, irréelle, chantante, consensuelle. J'ai parlé, vraiment ? J'ai répondu à sa proposition ? J'ai dit « oui » ?

*

— Ce repas était une excellente initiative. Vraiment, je ne sais comment... Toutes mes félicitations, madame Librard, vous êtes un véritable cordon-bleu.

— C'est ce que dit toujours mon mari, mais il exagère.

— Oh ! non, je vous assure, j'ai passé une soirée merveilleuse. Je peux vous embrasser, Valérie-Anne ?

— Bien sûr, Marc.

Elle avait les joues brûlantes, madame Librard, mais je m'en foutais un peu... La question lancinante gâchait un peu la cérémonie des adieux : « Tout à l'heure, dans le petit salon oriental, est-ce que j'ai dit oui ? »

Sur le pas de la porte, Xavier Librard en me

serrant affectueusement la main ne me laissa aucun doute. Pas la moindre illusion :

— Bon retour, Marc. Et encore merci. Vous verrez... vous ne regretterez pas votre sage et généreuse décision. Notre collaboration sera fructueuse.

J'ai dit « oui ».

8
J'AI DIT « OUI ».

Si j'avais refusé, en cette trompeuse fin novembre, je ne serais peut-être pas effondré, à la mi-décembre, sur ce canapé en velours verdâtre, la bouche pâteuse, la mine défaite, le moral en déroute, les joues mangées par une barbe de huit jours, occupé à me demander si je vais aller vomir dans l'évier ou dans les chiottes.

D'ailleurs, ce triste soir, je n'aurais pas dû me laisser influencer par l'état semi-comateux de Sylvie ; je n'aurais jamais dû la ramener au studio ; et surtout pas lui raconter mon entrevue avec Librard ! Mais je suis tellement faible après l'amour...

Pourtant, franchement, quelle confiance peut-on accorder à une mijaurée qui pendant des jours se fait passer pour une « shampouineuse » de base, plus agitée des caroncules myrtiformes que des neurones, et se met soudain à citer Kafka dans le texte, sous le prétexte bien futile que le magret de canard lui polit les papilles, que la compagnie est sympathique et que le Graves 85 est d'un velours moins râpé que celui de mon misérable canapé ? Ah ! Sylvie, pourquoi me rappelles-tu Marie, maintenant ?

Viens mon cher Franz, encore une danse...

J'ai beau fouiller partout, je ne trouve pas le disque, mais à vrai dire, je ne suis pas en état de dénicher autre chose qu'une nouvelle bouteille d'Irlandais. J'aurais bien aimé le voir tourner sur la platine, le disque de Marie ; j'aime bien sa voix, ses longs cheveux, ses yeux surtout... et ce 45 tours ; et Marie ; et la forêt, son appel... Il a dû rester dans ma chambre, le disque, à Mornac, rue des Basses Amarres. Putain, il n'y a pas que les amarres qui sont basses !

Dans cette histoire, celle de Marie, je ne tiens pas le rôle enviable du beau Franz, mais celui (plus délicat) du vieux mari délaissé. Le cocu de service ! Trompé par Martine avec un thérapeute que je suppute de pacotille (et de droite). Un homéopathe, si ça se trouve. Belle engeance ! D'accord, il ne se prénomme pas Franz, mais... il pourrait. Un salaud pareil ! De toute façon, elle le quittera :

... je rejoindrai mon vieux mari après.

Eh oui, mon pote le toubib ! t'es p'têt'e un gars curieux, mais ça finit toujours ainsi, la femme du boulanger revient inexorablement chez son Raimu pour écouter l'histoire édifiante de la Pomponnette qui avait quitté son Pompon. Sinon, où serait la morale, bordel de merde ?

Ça faisait longtemps !

Plusieurs semaines que le fantôme de Martine n'était pas venu hanter le studio. Rassure-toi, ectoplasme, je ne maculerai pas ton suaire de mes rancœurs libidineuses ; je sais encore maîtriser mes pulsions, et toi fantôme, tu n'es qu'un esprit de passage ; je vais te libérer rapidement ; j'ai tellement mieux à faire que de penser à toi ; j'aurais tellement mieux chaque soir dans mon lit, si je voulais... si je n'éprouvais cette constante réticence, ce doute, cette suspicion. Alors, Sylvie ne vient qu'à midi. Quelle connerie !

Une seule nuit d'amour, c'est peu. C'est sans doute trop, après la soirée chez Librard ! D'ailleurs une nuit (d'amour, de Chine ou d'ivresse), ce n'est rien. Rien du tout ! Mais le réveil... la chaleur de son corps frôlant le mien, la douceur de sa peau, son odeur, son sourire étonné dans les premiers rayons de soleil filtrant des lames du store métallique, les mots échangés, inutiles et rassurants, l'écoute immobile et complice des bruits matinaux de la rue. Le vingt-sept novembre, sur le coup de neuf heures, je n'étais plus seul. Non, Jef !

Le petit déjeuner, le café, la douche... À dix heures, je retrouvais ma solitude. Sans un mot pour retenir Sylvie, sans une proposition pour la nuit suivante. Elle n'avait rien demandé, ne demanderait jamais rien ; elle s'était sauvée, comme ça...

— À midi, je me ferais bien une salade aux lardons.

Moi j'avais envie de céteaux frits. La vie est mal faite.

9

La vie est mal faite.

Avoir besoin de Sylvie et me retrouver en face de Librard... Non, je m'exprime mal. Pour être franc, je triche ! Mieux vaut recommencer. Allez, je me lance : aimer Sylvie et fréquenter Librard... Voilà qui semble plus approprié mais... ne nous emballons pas. Oh, là, tout doux, l'ami ! Aimer Sylvie ? Comme tu y vas Marc ! Sais-tu au moins en quoi consiste l'amour ?

Je ne le savais pas avant cette nuit que je persiste à qualifier... d'amour. Avant ce réveil... qui, en dépit de toute sa splendeur, n'a pas été en mesure d'apporter le moindre éclaircissement quant au rôle tenu par la blonde enfant dans « l'affaire Librard ». J'étais amoureux (pas la peine de tergiverser trop longuement sur ce point) d'une femme dont j'ignorais tout : les origines, la famille, les amis, les activités, les passions (hors le sexe et la littérature), l'adresse, les sources de revenus, les motivations... Elle apparaissait et disparaissait comme une diablesse blonde giclant d'une boîte sortie d'une boutique de farces et attrapes, au bout de son ressort (dzing !) et retournant au néant après avoir produit son petit effet.

Tomber amoureux, comme ça, du jour au lendemain, à trente-neuf balais, ne laisse pas indemne. Mais quand de surcroît, l'objet de cet amour échappe comme eau entre les doigts, il vaut mieux être solide. Facile à dire (solide !) quand on vient de donner une réponse positive à une question dont la teneur exacte vous semble si floue. Certes, j'avais promis la veille, le cigare aux lèvres et le verre de rhum à la main, de revoir Xavier (je me force toujours pour écrire son prénom, il ne vient pas naturellement...). Revoir Librard... et après ? J'ai inauguré ce vingt-sept novembre (dans un mois on va commémorer l'anniversaire de la tempête du siècle) une nouvelle attitude : la parka, le paquet de clopes, le vent, les embruns, le sable qui vole, s'introduit partout, poisse la peau et les vêtements... Mes longues et mornes balades sur la conche déserte datent de ce jour. La tenue de mon journal également. La fuite de mes premiers clients aussi...

Mon souci principal était alors de déterminer une priorité. Dans la vie, nos choix (je veux dire, les miens) sont limités. Ils se bornent le plus souvent à un genre de classement, certains dossiers méritant l'étiquette « Urgent » alors que d'autres moisissent dans les ténèbres d'un profond tiroir, avant de rejoindre la corbeille aux premières velléités de mise en ordre... À la troisième clope, j'avais trié l'essentiel de l'accessoire.

Mon essentiel était de sexe féminin, se casquait de cheveux d'or, parlait allemand et sans doute tous les autres dialectes de la terre, baisait comme personne, avait de petits seins fermes et pointus, le pubis épilé pour mieux accueillir ma langue gourmande, une peau douce sentant le pain d'épices, un humour féroce, une intelligence redoutable et une ribambelle de secrets qu'il m'appartenait de percer. J'ai dit « mon essentiel », pas « mon idéal ». Quoique...

Toute la matinée, je me suis demandé si elle allait venir à midi, si elle n'allait pas disparaître de ma vie à tout jamais, après cette nuit... Cette nuit d'amour. C'est vrai, j'ai du mal avec ce mot ! Je devrais pourtant m'y habituer. Pas simple néanmoins, avec toutes ces questions se bousculant dans ma petite tête d'amoureux contrarié. Comment avait-elle vécu l'évolution de notre relation ? Y pensait-elle encore comme moi ? L'avait-elle espérée ? anticipée ? organisée ? Allait-elle en tirer parti ? Comment ? où ? quand ? pourquoi ? Viendrait-elle seulement ? Apporterait-elle de la salade ou des céteaux ?

*

Caché derrière mon « rideau de tulle que le temps et la poussière avaient jauni » (appréciez la méchante citation ! du Julien Green bourré d'angoisse métaphysique, rien de moins !) je la vis descendre de sa BM, un panier d'osier à la main. Elle s'était changée : *Levi's* noir, foulard rouge, blouson de cuir clouté, style motard. Pas motard *Easy rider* en quête de Paul Newman ! Non, motard, façon *Équipée sauvage* venant s'offrir à Marlon Brando. Ou plutôt à Lee Marvin. Merde, j'allais en baver ! J'ignorais encore à quel point.

Trois secondes plus tard, elle ouvrait la porte, posait les provisions sur la table, disait « Waouhhhh ! » et se jetait dans mes bras. Théâtrales, les retrouvailles des amants maudits ! Un peu trop à mon goût... Mais je n'allais tout de même pas porter plainte en arguant de la trop grande beauté de la mariée !

Avant la salade et le poisson frit, au menu des « naufrageurs et motards réunis », on dégusta donc un succulent duo de langues humides sauce chlorophylle, sur son coulis de seins pétris dans leur écrin d'écume atlantique. Spécialité côte sauvage. Un plat du jour qui se déguste (à toute heure) chaud, voire brûlant, la poignée dans le coin. Surtout quand il est partagé avec un ange de l'enfer !

Un enfer pavé d'excellentes intentions :

— Les céteaux sont frais, ils viennent du marché.

— Tu es allée au marché central ?

— C'est vraiment un endroit fabuleux, ce grand parachute de béton. Et les commerçants sont extras !

Elle a déballé ses achats sur l'évier.

— Ils sont petits. Je veux dire, les céteaux...

— Super ! Avec beaucoup de sel dessus, j'adore.

Tout autre commentaire eut été superflu. Incongru ! Après, on pouvait gaillardement se comporter comme d'habitude, un zeste de tendresse en plus. Il m'a semblé... On a bien mangé, bien bu (merci petit Jésus), bien joui (merci petit zizi). J'aurais pu – très simplement avec cette fausse innocence dont je sais faire preuve quand les circonstances l'exigent – poser la question, la seule qui finalement me taraudait :

— Tu viens, ce soir ?

J'ai fermé ma gueule, je ne sais pas trop pourquoi. Peur d'un refus, timidité, manque de conviction, de confiance en moi, bête prétention du mâle attendant les avances de la femelle, incertitude, doute persistant, connerie pure ?

En fait, c'est tout simple, je n'étais pas prêt. Tout était allé trop vite dans notre relation ; j'avais besoin (je croyais avoir besoin) de faire le point, de m'orienter, d'analyser la situation créée, d'envisager ses conséquences, de m'organiser, d'en savoir plus sur elle, sur moi, sur nous. Imaginer un avenir... Ridicule !

À partir de ce constat de carence, il ne lui restait plus qu'à remettre son blouson clouté, à m'accorder un dernier baiser (plus long que le traditionnel, peut-être...) et à se précipiter dans l'escalier, « Salut, Marc, à demain », dans sa voiture, dans la rue, dans la vie, chez les autres, hors de moi... Jusqu'à demain. Demain, midi...

*

Ce ne fut pas une impulsion, je le reconnais volontiers. J'avais décidé de la suivre. À la volée, je saisis la parka, et dévalai à mon tour l'escalier au risque de me fracasser le crâne sur les marches glissantes. Je m'engouffrai dans la 205 aussi rouge que frigorifique, et démarrai (du premier coup, un vrai miracle) dans un nuage de fumée noire. Le jury ne m'accordera même pas les circonstances atténuantes, j'avais dans la matinée, tourné ma bagnole dans le bon sens (sachant pourtant à quel point mon action en était dépourvue). Il y avait préméditation, c'est indéniable ! Je ne pourrais plaider, en tout état de cause, que le désordre mental, l'irresponsabilité. La débilité ! Mais jamais je ne m'abaisserais à pareille manœuvre. Plutôt la prison que l'asile !

Et le mobile ? La curiosité, monsieur le procureur, la curiosité. Hum ! Elle a bon dos, la curiosité. Dites plutôt... la jalousie, mon petit Marc ! Allez, avouez, le jury tiendra compte de votre repentir. Vous ne voulez pas ? Vous avez tort ! Il n'est pas brillant, votre dossier. Sale affaire, je vous assure...

Je l'ai retrouvée à la hauteur de la Poste, sagement arrêtée au feu rouge. Ils n'en finissent pas, ces maudits feux, et paraissent d'autant plus interminables qu'en dehors de « la saison », ils ne servent qu'à réguler une circulation qui se débrouillerait mieux sans eux. J'aurais bien laissé une voiture s'intercaler entre nous, mais nous étions seuls sur cette voie, une vieille 205 d'un rouge mangé par la rouille, et une BM récente d'un joli gris métallisé. Si l'idée lui prenait d'appuyer un peu sur le champignon, c'était foutu...

Je me suis dit qu'elle allait tourner à droite pour attraper le boulevard Garnier, direction Librard (Xavier de son prénom, retraité de son état). J'avais tout faux. J'ai souvent... tout faux. Mon imagination me joue des tours.

Elle a suivi tout droit, cours de l'Europe, en direction de la gare. Elle l'a laissée sur sa gauche et, à l'embranchement des routes de Saintes et de Bordeaux, elle a préféré Palissy à Montaigne. À l'approche du centre Leclerc, la circulation devenait plus dense, favorisant ma filature motorisée. « Je suis un vrai con, elle va faire ses courses, tout simplement ». Mais non, la BM fonçait vers Saujon en traversant la nouvelle zone commerciale.

À votre droite, mesdames et messieurs, l'aéroport (n'ayons pas peur des mots et rejetons le trop modeste et désuet aérodrome) de Royan-Médis, vol à voile (vol-au-vent ?) et parachutisme, tour de contrôle dernier cri. « C'est pas vrai, elle tourne. Qu'est-ce qu'elle vient foutre dans ce coin ? Et moi, je fais quoi, maintenant ? Tant pis, je la suis. »

C'était imprudent ! Dans le « parking » de l'aéroport, il n'y avait que six bagnoles, en comptant la sienne et la mienne ; je ne risquais pas de passer inaperçu. Elle est descendue et s'est dirigée d'un pas décidé (très décidé ! trop, je le crains...) vers ma caisse pourrie que je venais d'immobiliser à moins de trente mètres en plein découvert. Il faudra que Nestor Burma me donne des cours de filature, je suis trop nul, comme disent les mômes. J'ai baissé la vitre et arrêté le moteur pour ne rien perdre de la déclaration que l'ange de mon enfer quotidien n'allait pas manquer de m'envoyer en travers de la tronche.

— T'es complètement barj', mon pauvre Marc. Faut t'faire soigner, mec ! Mais pour qui tu t'prends, connard ?

À cet instant précis, je n'avais qu'une vision parcellaire et passablement dégradée de ma propre existence. Mon moi profond était si... profondément rentré qu'il ne faisait plus surface. Qu'il ne sortirait sans doute jamais du trou de souris dans lequel il se planquait lamentablement ! Elle avait raison, je me prenais pour qui ? Question sans grande importance comparée à la suivante : elle, ma Sylvie, animée par une colère plus noire que son accoutrement, comment me voyait-elle ?

— T'es un macho de la pire espèce, Marc ! Avec une mentalité de beauf' ! Mais qu'est-ce que tu crois, bordel ? Tu t'imagines que tirer un coup, une fois par jour, à midi vingt-cinq pétantes, entraîne automatiquement le droit de propriété. Tu déconnes à bloc !

— Je suis désolé... Je ne voulais pas...

— Tu veux savoir ce que je viens faire ici, Marc ?

— N... Non... Je...

— Si tu voulais savoir, tu n'avais qu'à demander. Mais je suis bonne fille, Marc, je vais tout te dire. Apprends que je viens ici chaque jour me faire sauter par une douzaine de jeunes types montés comme des ânes. Tu ne pensais tout de même pas qu'une affamée de sexe dans mon genre pouvait se contenter d'un seul étalon, surtout quand celui-ci ne lui offre que des accouplements aussi brefs que peu renouvelés. Voilà, tu sais tout, Marc, je suis une nympho, une obsédée, une salope... Une vraie ! J'ai besoin de sexe ! Et il m'en faut toujours plus !

Elle en faisait trop ! Beaucoup trop ! Elle en bavait de rage, la malheureuse ; elle en perdait sa beauté. D'ailleurs, son histoire n'était vraiment pas crédible... J'ai néanmoins eu très envie de lui balancer une claque sur le museau, pour la calmer. C'est juste ma position assise dans la bagnole, donc en contrebas, qui m'en a dissuadé. C'était pas pratique... et ça n'aurait eu aucune allure. Pour bien faire, j'aurais dû sortir... mais l'idée ne m'en est pas venue ; j'étais un peu sonné.

— Allez, casse-toi Marc, fous l'camp. Tu m'dégoûtes !

Pourquoi tant de violence verbale ? tant de mépris ? tant de vulgarité gratuite ? Pourquoi Sylvie se livrait-elle à cet odieux simulacre de lynchage, sachant que la seule explication cohérente à ma conduite – certes, pas très nette – résidait dans un amour neuf et un peu fou, refusant de se présenter comme tel, de s'identifier ? Vieux réflexe connu et pas encore maîtrisé ! Dommage que ces pensées-là ne me soient venues que plus tard... avec les causes supposées de l'abominable comportement de mon impulsive... maîtresse. Mais déjà, sans pouvoir la formaliser précisément, j'ai senti sous les mots qu'elle prononçait dans son accès de démence haineuse, comme une force, une vérité profonde qui annihilait toutes mes fonctions de résistance. Sa révolte était fondée, justifiée, méritée. Normale ! Je le sentais.

Il m'arrive de sentir les choses. C'est mon côté féminin sans doute, un genre d'intuition... Et je crois – sans prétention exagérée – être doué d'une autre vertu que Sylvie, au point culminant de sa hargne vengeresse, ne pourra jamais me retirer. Quand je suis nul, je suis capable d'assumer cette médiocrité, de me montrer – quitte à « rebondir » dès que possible – pitoyable jusqu'au bout. Exemple :

— On se voit demain ?

— Si t'es pas trop dégoûté ! Tu devras te contenter des restes...

J'ai démarré sans un mot, passant connement mon excitation (ma honte ?) sur l'innocente pédale d'accélérateur. Le moteur lui aussi s'est emballé, a rugi de colère ; les pneus ont effectué trois rotations dans le vide avant de se poser sur l'asphalte du parking ; les graviers ont giclé à quarante mètres... au bas mot... Dérapage incontrôlé sous les cris de la foule en délire :

— Pauvre con !

J'ai retrouvé la route et la zone commerciale avec soulagement même si, pour une fois, l'alcool n'était pour rien dans cette envie de vomir qui se tenait menaçante, au bord de mes lèvres sèches. Et la pluie ne pouvait être considérée comme seule responsable du flou humide qui s'installait sur le pare-brise de la 205 regagnant, à trop vive allure, les bases qu'elle n'aurait jamais dû quitter.

Au sommet de la côte de Belmont, je roulais à cent trente, ce qui n'est pas si mal avec une bagnole hors d'âge ! C'est là que les flics m'ont chopé. Ils m'ont félicité pour une vitesse en agglomération qui était – si on peut faire confiance à l'électronique au service de la répression – le record du jour. Ils m'ont demandé mes papiers, ont constaté que je n'avais pas fait mon changement d'adresse, ont remarqué l'usure excessive des pneus, ont noté que j'avais omis d'attacher ma ceinture... Puis, les pandores m'ont demandé de souffler dans un genre de préservatif muni d'un embout trop dur et trop étroit pour autoriser l'introduction d'un sexe, fût-il aussi misérable que le mien. Je m'y suis repris à trois fois pour l'emplir de mon air, tant ce caoutchouc que j'imaginais gluant de sperme infecté me levait le cœur... Finalement, j'ai dégobillé sur les pompes des forces de l'ordre pas assez promptes pour se garer des éclaboussures. Et j'ai pu souffler dans la capote. Au sifflement émis par le plus gradé de mes geôliers, j'ai compris que ma petite crise de jalousie épidermique allait me coûter les restes de l'héritage tombé des monts d'Auvergne.

Ils étaient plutôt sympas, les flics. Après m'avoir fait signer un monceau de paperasses, ils m'ont laissé repartir. À pinces ! sans mon permis de conduire ! Pas grave, la marche à pied me ferait du bien. Manque de bol, j'avais à peine parcouru trois cents mètres, qu'une BM métallisée s'est immobilisée à ma hauteur. La vitre teintée s'est abaissée lentement. La voix était d'une neutralité suisse, le propos d'une sobriété britannique :

— Monte !

J'ai obtempéré en me disant que la réputation de certains sportifs était surfaite. Ils prenaient leur pied un peu vite, les gonzes, pour des baiseurs professionnels. Des gros méchants mous en quelque sorte.

— C'est des « zéjaculateurs précoces », tes copains ?

— Pauvre con !

— Tu te répètes, ma puce.

Après, on n'a plus rien dit pour le motif essentiel qu'il n'y avait plus grand-chose à dire. Elle m'a déposé devant chez moi, je lui ai fait une bise sur la joue droite sans provoquer la moindre réaction positive ou négative. Je suis descendu, et après avoir poliment salué la gracieuse compagnie, j'ai foncé au studio pour me saouler la gueule.

Je l'avais bien mérité !

10
Je l'avais bien mérité !

Ne suis-je pas « méritant » de supporter cette vie de faux-semblants qui me torturent plus sûrement que tous les ustensiles inventés au cours des siècles par la féconde cruauté humaine ? Et toujours en vie sur ma croix, en dépit des multiples et profondes blessures que ma peur du vide imaginait mortelles. Le corps est plus costaud que l'âme, c'est ça le vrai problème. Vivant quoi qu'il en soit ! Vivant même mort ! « Car aucun être humain n'éprouve d'autre joie que la sensation d'être vivant lorsqu'elle devient intense. » Bien vu, monsieur Quignard ! Quand je pense que les curés nous apprennent que l'âme survit au corps, alors que c'est tout juste le contraire. Voilà bien des ragots de sacristie.

Une certitude qui s'arrose. Je ne prends même plus le temps de sortir un verre ; je bois le *Jameson* au goulot ; ça évite de remplir l'évier. Il faut bien penser à la femme de ménage. La pauvre... Elle doit se demander où elle est tombée quand elle découvre le chantier ! Il faut admettre que je ne suis pas très à l'aise quand elle arrive, tôt le matin, me trouve encore au lit, et me fait « gentiment » prendre conscience de l'ampleur du chantier, avec ses yeux levés au ciel en signe de désespoir. Elle m'aime bien, je crois. Je trouve juste son attitude vraiment trop... maternelle. Si je la laissais faire, elle me prendrait en charge complètement. Elle en meurt d'envie, je le vois bien. Alors, méfiant, je préfère lui abandonner la place ; je sors fumer une gauloise (ou deux) sur la plage.

Pourquoi penser à madame Marlier (c'est son nom), maintenant ? Elle ne viendra que demain matin, mille reproches dans ses grands yeux sombres... D'ici là, j'aurai le temps de me remettre. Emerson se transcende peut-être, mais se trompe sûrement quand il prétend que « *Le temps est la mauvaise réponse* ». Désolé monsieur le philosophe de service, mais c'est la mienne et je m'y tiens ! D'ailleurs, je n'ai pas franchement le choix... J'aurai donc le temps de dormir un peu, de me raser, me laver, me composer un visage présentable, une silhouette regardable... Je n'aime plus me regarder dans la glace de la salle de bains. Je me trouve moche, abîmé, cabossé de partout, le teint jaune, les yeux rouges, la peau flasque, sans muscles, avec plein de rides nouvelles, de poches, de boutons... Je vieillis mal ! Et je me fais « *zire* » comme disait ma grand-mère mornaçonne quand elle évoquait, avec une moue de dégoût, les

« mendigots » qui passaient vendre leurs paniers d'osier, abandonnant dans la cuisine briquée de frais, leur odeur de pauvreté vagabonde. Quand le narcissisme vous abandonne, c'est l'énergie vitale qui fout l'camp !

*

Le héros est fatigué. Il n'en peut plus, il a trop crapahuté dans ces terres étrangères et hostiles, il s'est trop méfié des autochtones, s'est trop protégé, n'a rencontré aucun ami sûr pour veiller sur son sommeil. Même Fred semble avoir déserté ! Ici, tu t'endors tranquille et tu te réveilles avec un couteau entre les omoplates, c'est ce que le rédacteur en chef lui a dit au héros. « *Méfie-toi de tout le monde. Un bon reporter est un reporter vivant* ». Pas facile quand on ne sait même pas reconnaître un Serbe d'un Kosovar au premier coup d'œil, celui qui sauve. Pour lui, le JRI, le fameux Journaliste Reporter d'Images, il n'y a dans ce pays, que d'anciens Yougoslaves, des femmes, des hommes, des enfants, des victimes... la misère... les plaies purulentes de la guerre... et toute cette haine qui suinte des ruines, qui semble ne pas pouvoir être nettoyée autrement que dans un nouveau bain de sang.

Alors, il est aux aguets depuis plusieurs mois maintenant, le héros, depuis qu'il est arrivé à Pristina sur les pas du banquier Librard, depuis qu'ensemble ils ont arpenté la campagne, les petites villes encore sous le choc de la terreur, essuyé quelques coups de feu, échappé à plusieurs embuscades. Un saint homme pourtant, ce Xavier Librard, envoyé au Kosovo par le FMI pour financer la reconstruction de cette région dévastée. Mais la tâche est immense, surhumaine. Inhumaine !

Les pieds sont douloureux dans les rangers et la caméra pèse des tonnes sur l'épaule du héros qui court derrière le financier. Il court le héros, plus vite que le furet, plus loin que la banlieue, il court depuis si longtemps qu'il se demande où va le mener sa course folle, et surtout si elle prendra fin. Il ne s'appartient plus ; il ne prend plus aucune initiative ; il est devenu un objet, une chose, dans le gigantesque dispositif de communication mis en place par la Fracture Monétaire Internationale. Le JRI à la botte du FMI ! Alors, il court et fixe sur bande magnétique ces instants qu'un quelconque PPDA commentera en trois secondes à la grand-messe du « vingt heures ». Des instants dérisoires mais tragiques, perdus dans l'indifférence générale.

Surtout, ne pas manquer le *scoop*. L'événement approche, c'est sûr, le flair professionnel du héros a reniflé son incomparable odeur. Alors, il ne lâche plus le banquier d'une semelle ; il mange à côté de lui ; se couche près de lui ; va pisser avec lui. Si Librard baisait, Marc tiendrait la chandelle. Mais la tendance n'est pas à la gaudriole par les temps qui courent (eux aussi). Telle une sangsue, la bestiole médiatique s'accroche à la peau de l'autre et par un curieux phénomène de mimétisme, elle a parfois la désagréable impression de disparaître en l'autre, de s'identifier à l'autre.

Il croit encore, pourtant, que ses louables efforts seront récompensés, que la chance finira par lui sourire. Et pour une fois, il n'espère pas en vain ! Là, au coin d'une rue, au moment le moins attendu, la rencontre a enfin lieu. Un service d'ordre musclé écarte les passants, les importuns, les collègues du héros... Il ignore pourquoi il est le seul à pouvoir assister à cette poignée de main entre Librard et ces deux types cravatés qu'il ne connaît pas encore. Il sent que c'est important. Il se trompe peut-être... Il est fier tout de même. Transfiguré ! Il enregistre et ne pense à rien d'autre, il est la bande, le film, les oreilles, les yeux, la caméra, l'objectif. Alors, il remplit la fonction pour laquelle il a été conçu, il filme. Comme on le lui a enseigné. Objectivement...

11
Objectivement...

Si j'analyse aussi froidement que possible, l'enchaînement des événements après ma filature avortée, je dois admettre que Sylvie a su rester en dehors du coup. Elle avait certainement facilité le premier contact avec Librard, mais une fois celui-ci établi, elle a semblé se retirer du jeu, laissant le champ libre à des attentes respectives différentes, voire contradictoires. Elle n'abordait plus le sujet « Librard » mais, en vérité, il lui était facile d'attendre puisque je finissais toujours par y venir moi-même, espérant contre toute rationalité, qu'elle saurait me fournir des explications, m'aider, me conseiller...

Je me servais de Sylvie comme d'un miroir pour faciliter mes propres réflexions. Et, comme tout miroir qui se respecte, celui-ci me renvoyait avec une fidélité déconcertante, l'unique et déprimante image d'une réalité concrétisée par mes doutes, mon indécision, mon incapacité à m'élever au-dessus des basses contingences matérielles pour me voir autrement que sous cet angle narcissique. Je n'étais pas plus avancé.

En tout état de cause, la proposition de Librard présentait l'avantage substantiel de me fournir un sujet de conversation susceptible d'animer le traditionnel repas de midi. Ce n'était pas son moindre mérite ! Sylvie se comportait, en apparence, comme si rien ne s'était passé sur l'aérodrome, mais j'éprouvais un tel sentiment de culpabilité que j'analysais négativement et avec une mauvaise foi manifeste la moindre de ses réactions déviant de la ligne que je lui avais, dans mon infinie bonté, tracée. À table, c'était encore supportable, mais au lit...

Au lit, sur le canapé, n'importe où...

Un jour – l'exemple est instructif – j'ai eu ce qu'il est convenu d'appeler « une panne ». Avec ce que je picole, ça devait arriver ! Hé bien, en cette circonstance inhabituelle et pénible pour nous deux, je ne me suis même pas demandé ce qui, dans ce domaine, était « convenable » ou ne l'était pas (à partir de quel manque de pression y avait-il... inconvenance ?). Non, plutôt que de chercher en mon ego torturé, la source de mes insuffisances sexuelles, j'ai injustement reporté sur ma partenaire, la responsabilité de ma déception. De mon impuissance !

— Tu n'as pas envie ?

Surpris en flagrant délit de mollesse, je n'étais certainement pas le premier macho se raccrochant à un procédé de transfert aussi dégueulasse ! Face à la terrible injustice de mon accusation, Sylvie a réagi en femme. Elle a pris le flasque objet de ma confusion, entre ses longs doigts fins, et très tendrement, elle a entrepris de faire émerger le gland rosé des vagues océaniques de peau que la brise marine de son haleine rafraîchissait. Le mât ne se redressait pas pour autant ; il faudrait attendre avant de mettre les voiles.

— Je l'adore quand elle est toute petite. Elle est si mimi... elle m'excite encore plus.

C'était vrai. Des paquets de mer passaient par-dessus bord.

Comme un fou, je me suis rué pour m'abreuver à cette intarissable et bienfaisante source. Je n'étais pas encore pleinement désaltéré que... comme par miracle, mon membre viril a soudain pris de la consistance, s'est mis enfin à mériter son qualificatif. Ce qui prouve bien qu'il ne faut jamais désespérer du corps (surtout s'il est caverneux). « Bloque ton corps », prône le moniteur de tennis ; « Écoute ton corps », bêtifie l'animateur de stages pour dirigeants dépressifs et surmenés ; « Oublie ton corps », devrait se contenter d'enseigner le sexologue confronté à un problème d'impuissance, de frigidité ou d'éjaculation précoce...

Ce dernier problème n'étant manifestement pas le mien, nous fîmes l'amour longuement, ce jour-là, avec des moments tendres et des gestes ralentis suivis de périodes violentes et saccadées, au bord du paroxysme. Au bord, toujours, en retardant le plus possible, le franchissement de l'ultime limite pour que cette félicité ne finisse jamais. Elle dura. Et nos horaires, si bien réglés, en furent chamboulés. J'avais perdu toute notion de temps mais aussi d'espace, et juste avant l'instant suprême, je me laissai enfin aller ; je me libérai dans un abandon frénétique :

— Mon amour, mon amour. Je t'aime. Oh ! comme je t'aime.

Plus tard, en se rhabillant, avec cette négligence enfantine que je ne comprendrai jamais, ma tendre amante me fit payer au prix fort, tout le mal que je lui avais fait ces derniers jours :

— J'adore quand tu dis des bêtises !

*

Une semaine. Un mois. Une année. Un siècle. Je ne me rendais plus vraiment compte... Le temps s'étirait. Le dîner chez les Librard me semblait si loin, irréel, improbable. Il avait dit qu'il reprendrait contact ; j'avais acquiescé.

— J'étais à Paris cette fin de semaine pour régler quelques petites affaires familiales. J'en suis enfin débarrassé, ce qui me permettra d'avoir l'esprit plus disponible. Je veux pouvoir me consacrer entièrement à notre projet commun.

Deux jours, trois peut-être... Quelle interminable

fin de semaine. J'en avais presque oublié le... projet commun. Sylvie qui avait tant de prédispositions pour s'évaporer, affirmait de plus en plus, son emprise sur mes pensées. Sur ma chair. Sur mes sentiments. Et ma préoccupation principale – pour ne pas dire unique – consistait à élaborer des équations invraisemblables, mais susceptibles de la retenir, à bâtir des points d'ancrage où elle serait tentée – allez savoir avec les femmes – de se fixer. Je rêvais.

L'alcool m'y aidait. Au bistrot le plus proche du studio, le patron me voyait entrer chaque matin avec un sourire plein de compassion mêlée d'une bonne dose d'appréhension. Il n'avait pas tort... Je finis par faire un scandale, en insultant le plus impatient de mes clients, venu me relancer jusqu'en ce lieu protégé. Il se prenait pour qui, le client ? Sa qualité de payeur ne lui conférait pas le statut de conseilleur. Encore moins le pouvoir de gérer mon emploi du temps, ni de se mêler de ma vie éthylique et sentimentale :

— Vous buvez trop, monsieur Vermeuil, avait-il reproché.

— C'est pas bon pour votre santé, avait-il ajouté.

— Quel dommage, un jeune homme plein d'avenir comme vous, si intelligent, tellement cultivé... avait-il regretté.

Il avait l'air sincère.

— Vous ne devriez pas boire autant, avait-il fini par décréter.

Là, il dépassait les bornes. Je lui avais balancé mon Ricard dans la gueule en « l'agonisant de sottises » comme aurait concédé, avec son sens aigu de la formule, ma très chère maman. Et comme je le chopais par le colback avec l'intention mal déguisée de l'étrangler comme un vulgaire poulet, le patron du bar avait fait le tour du comptoir pour s'interposer cordialement mais fermement. Le brave homme avait ainsi évité l'irréparable, et mon malheureux client avait pu battre en retraite en marmonnant des idioties du genre : « C'est pas croyab' de s'mettre dans des zétats pareils, asteur », « Si c'est pas une honte, à l'époque où qu'on vit », « Merde, y m'aurait tué c'te fumier d'lapin d'mes deux ». Enfin... je ne me souviens pas bien, mais c'était – me semble-t-il – le sens général de son peu méthodique, mais néanmoins expressif, discours.

J'avais commandé un nouveau Ricard, mais le patron n'avait pas voulu me servir. Il pensait que j'avais besoin d'air, alors il m'a gentiment poussé dehors ce qui était plutôt une bonne idée, partant du principe intangible qu'il vaut mieux dégobiller sur le trottoir plutôt que dans les troquets de la ville. Quand j'y suis retourné, en fin d'après-midi, j'ai senti que l'ambiance avait changé :

— Il faudrait que nous parlions, monsieur Vermeuil.

Je ne sais pas ce qui m'arrive, en ce moment. Après des années de solitude pendant lesquelles je ne dialoguais – quand il était de bonne humeur – qu'avec mon double et parfois avec Fred (quand il n'était pas trop défoncé), voilà que maintenant, tout le monde voulait me parler, comme si j'étais subitement devenu un personnage intéressant. Important. Incontournable. C'est la loi des séries ou quoi ?

J'avais vu juste. Normal, l'alcool accroît considérablement mes perceptions extrasensorielles. En clair, le brave débitant de boisson me demandait – avec une diplomatie admirable – de me calmer sur la chopine ou de ne plus remettre les pieds dans son établissement. Il n'était pas le premier à me poser cet ultimatum. La semaine passée, j'avais même eu droit chez un de ses collègues, à un véritable délire : le tavernier prétendait que je faisais fuir la clientèle déjà pas trop fournie et peu argentée, en cette morte-saison difficile, et *« avec ce gouvernement d'gauche dirigé par un parpaillot qui faisait rien qu'emmerder les zonnêtes commerçants confrontés aux dures lois du marché de masse et de la mondialisation à outrance »*. Fermez le ban ! Je n'avais pas tout compris mais j'avais cru deviner qu'il était mécontent et me conseillait vivement de me tenir à carreau, sinon ça risquait de barder pour mon matricule. Et voilà que l'Histoire se mettait à bégayer. Viré de nouveau !

N'étant pas précisément du genre à m'incruster, je pris la chose de haut et signifiai à l'impudent qu'il venait de commettre une grave erreur d'appréciation, en me prenant pour le pochard de base. Je n'étais pas le clodo du coin qui pleure son litron de rouge, moi monsieur, j'étais quelqu'un, j'étais... je suis écrivain. Public, certes... mais je fréquente des personnalités, des artistes, je connais même personnellement un Gouverneur de la Banque de France ou quelque chose comme ça... un monsieur très comme il faut qui habite une villa magnifique avec vue sur la mer. Et avec qui j'ai un... projet commun. Un projet qui va en boucher un coin à plus d'un !

J'ai donc claqué la porte de mon abreuvoir de prédilection comme j'avais précédemment claqué celles du Briand's, du Tiki, de la brasserie du Bac... et de quelques autres. Sans importance, si les professionnels ne veulent plus me servir, je picolerai seul, dans mon studio. À la guerre comme à la guerre, nom de Dieu ! Mais tout de même... parfois... on se demande... vraiment... dans quel monde on vit.

Boire seul. Ou avec Fred.

*

On s'est retrouvé au Sympathic. Je ne connaissais pas encore ce bar, je ne l'avais même pas remarqué bien qu'il se situât sur ma trajectoire de l'autre jour, lors de ma course poursuite en direction de l'aéroport. J'ai trouvé le Sympathic fort... sympathique et Fred en pleine forme. Un éditeur « grand public » venait enfin de reconnaître son talent, et envisageait de le publier. Il était donc allé à Paris pour signer le contrat ; on lui avait présenté son attachée de presse (incroyable, non ?), une fille charmante qui croyait en lui, en son avenir littéraire... On lui avait imposé une série de photos dans un studio professionnel avec des parapluies lumineux partout ; il avait accordé trois interviews à des magazines... Il avait même touché, pour la première fois de sa longue carrière, une avance sur recettes.

— Je n'arrive pas à y croire. Tu te rends compte ? Je vais peut-être passer à France Culture et... à la télé !

J'aimais trop Fred, et j'admirais trop ce qu'il écrivait pour lui rappeler dans quel arrogant mépris il tenait, il n'y a pas si longtemps, tout ce misérable système médiatique. Si encore, il avait plaisanté... Non, il était sérieux ! et vraiment, je ne m'attendais pas à ça ! La tête de Fred qui enflait, qui menaçait de ne plus passer dans les portes sous prétexte qu'une minette se bazardant attachée de presse, lui faisait miroiter l'éventualité d'un passage à la téloche. Comme le dernier des chieurs d'encre ou le plus minable des pisseurs de pellicule venant vendre ses excréments sous les feux « branchouillés » des spots de Canal ou au téléachat permanent des bétonneurs d'info. Putain, la déchéance ! On est vraiment peu de choses. Et encore... je n'étais pas au bout de mes surprises. Encore moins de mon indignation !

— J'ai trouvé un appart' dans une résidence. Pas

mal... Il faudra que tu viennes manger un soir, je te montrerai mon *press-book*.

Je n'y manquerai pas. J'espère qu'il y aura des fleurs sur la table, du foie gras dans les assiettes en porcelaine, et du Jurançon vendanges tardives dans les verres en cristal de Bohème ! Et après le cognac et le havane, on se prendra l'attachée de presse en sandwich.

— J'ai rencontré une fille formidable ; je te la présenterai.

T'as raison, Gaston, j'ai toujours rêvé de partouzer avec un vieux pote en déconfiture et une fille – comment tu as dit ? – formidable.

En dépit de ma déception grandissante, j'ai félicité Fred pour son éclatante réussite. Tout était allé si vite... Plus encore que je n'aurais pu l'imaginer.

— Tu sais Marc, j'ai arrêté la dope. Une décision... comme ça. Tout seul, sans cure, sans dérivatif, sans rien... Juste un « Jackda » le soir, pour la nostalgie, un p'tit joint de temps en temps, une ligne de coke... Bien fait, vite fait sur le gaz, ça ne peut pas faire de mal.

Putain, c'est beau, la volonté, je suis en extase. Allez Fred, un dernier effort, tu peux m'éblouir encore.

— Tu devrais faire pareil Marc. Je veux dire avec l'alcool. Tu as vraiment mauvaise mine.

Je sais, je bois trop.

C'est pas mon fils drogué qui va me reprocher...

Toujours d'actualité, le père Colucci avec son Géraaard ! Et Fred, je le trouve passablement gonflé. Enfin si ça lui fait plaisir de se transformer en prêtre de la nouvelle morale pour jeunes ménopausées, je ne vais pas le contrarier. Seulement... à mon très humble avis, le mec Fred, avec toute sa science infuse qui diffuse du judéo-chrétien transgénique, il file un mauvais chanvre. Et s'il poursuit dans cette direction, à tant mettre de sérum physiologique dans son héroïne, il va finir par se raser la barbe, se faire couper les tifs, et se retrouver plus sûrement vedette de *Voici* que du *Nouvel Obs'*. Triste fin !

— Si je te comprends bien, Fred, tu n'as pas envie de m'en payer un autre. Espèce de rapiat, ça fait un quart d'heure que mon verre est vide.

— Excuse-moi, Marc, ce n'était pas ce que je voulais dire...

Une chance ! parce que le seul côté réjouissant de cette situation aussi nouvelle que peu glorieuse, c'était de voir le futur auteur à succès – avance sur recettes oblige – payer les consos. Pour du neuf, c'était du neuf ! Et c'était, dans ce bistrot sympathique, une soirée gâchée. En Technicolor sur écran géant, la grande scène des adieux entre le héros et le traître à l'héro, prenait des allures pathétiques. Je ne connaissais qu'un type fréquentable, dans cette vie de merde, et voilà qu'il me claquait entre les doigts, pour cause de notoriété audiovisuelle supputée. Alors, même après le cinquième verre, j'étais à peu près aussi joyeux que lors d'un enterrement. C'était un enterrement, celui d'une amitié. Tant qu'on y était, on pouvait pousser dans la tombe, ma jeunesse, ma candeur, mes illusions, ma créativité, mon sens artistique, ma soif de liberté, ma joie de vivre... Faut reconnaître que j'avais un bol de cocu, dans mon malheur, je ne possédais plus rien de tout ça. Depuis pas mal de temps...

Comme je sentais que très bientôt, Fred et moi n'aurions plus rien en commun, plus rien à nous dire, et que très vraisemblablement, nous cesserions de nous voir, je pensai que je devais lui parler sans plus attendre. En finir. Rompre les ponts ici et maintenant pour conjurer la contagieuse compromission.

— Je vais me mettre à écrire, moi aussi.

— C'est déjà le cas, tu écris...

— Je veux dire... écrire professionnellement.

— Je ne comprends pas bien...

— Je vais me consacrer à une œuvre littéraire. Une biographie.

— Non !?

Il y avait une part d'incrédulité bien légitime dans sa réaction, mais j'y discernais aussi, plus cachée, plus au fond de son être, au-delà des conventions castratrices, comme une raillerie se nourrissant de sa propre supériorité. Il me méprisait, c'était une évidence ! depuis toujours très certainement... Il émanait de son comportement, de telles vibrations mauvaises, qu'il devait faire de terribles efforts pour sauvegarder son masque de bienveillance fraternelle à mon égard. Mais désormais je savais que tout était faux, même son calme revenu pour émettre la seule hypothèse dont il pût me juger capable.

— Tu veux dire, une autobiographie ? Tu vas tenir un journal ? Raconter ta vie ?

— Tu rigoles ! Je ne sais pas ce que j'y mettrais, il ne m'est jamais rien arrivé d'intéressant. Non, Fred, pas une auto, une bio.

— Et la bio de qui ?

Eut-il le secret espoir, durant une fraction de seconde, que j'allais lui proposer d'écrire sa biographie, celle du dernier auteur à la mode ? Le créateur génial du nouveau style, de la nouvelle philosophie, le gourou de l'éthique paradoxale, Fred Bardini, le libérateur des mots et des maux de notre société dépravée, celui que les magazines, les radios, les télés du monde entier et même les salons parisiens les plus décrépits, n'allaient pas tarder à se disputer. Fred Bardini, sa vie, son œuvre... par Marc Vermeuil, le nouveau Stéphane Bern, le biographe des stars ! Non, tout ceci n'était que pure affabulation. La victime – la première tout au moins – de mes épanchements verbeux, serait d'un niveau intellectuel plus modeste. Il faut bien se faire la main...

— On vient de me pressentir pour la biographie de Xavier Librard.

— Qui c'est celui-là ? le théoricien de l'éthylisme balnéaire ?

Du tac au tac, je répondis à l'insulte par la superbe :

— Tu ne connais pas Xavier Librard ?

— Non...

Il ne connaissait pas le PDG du FMI ! Le con !

— Hé ben, mon pote, tu ferais mieux de te documenter avant d'aller faire le clown dans les zétranges lucarnes. Sinon, tu risques de passer pour un plouc !

— Et... tu as trouvé un éditeur pour ton œuvre en gestation.

Il se moquait encore. Je décidai d'en finir :

— Un éditeur ? J'ai beaucoup mieux que ça. Un mécène.

SECONDE PARTIE

MÉCÈNE
(Une vocation)

On inspire, on expire... et ainsi de suite. À condition de garder son calme, c'est relativement facile.
Jim Harrisson

1
Une vocation ?

Avant de répondre, je préfère savoir de quoi je parle, rien ne remplace une bonne définition. « Mécène : personne physique ou morale qui protège les écrivains, les artistes, les savants, en les aidant financièrement ». Le *Petit Larousse* est formel : un écrivain peut avoir un mécène, et la fonction de celui-ci est de le protéger en lui filant du pognon. Mon improvisation à la table du Sympathic, même si elle se teintait de vantardise, n'en était donc pas fausse pour autant. Mais compte tenu de l'origine latine du mot, *Mecenas* (un ministre d'Auguste, à c'qui paraît), restait à déterminer qui, de Librard ou de son nègre, serait l'Auguste et qui tiendrait, le rôle ingrat du... clown blanc.

Aujourd'hui, nous n'en sommes plus là. Je passe

chaque matin, près de deux heures en tête à tête avec le retraité. On aurait dû commencer plus tôt nos entretiens, mais il avait un peu tergiversé, au début... comme s'il hésitait. J'en arrivais à me demander s'il souhaitait vraiment me raconter sa vie. Et que je l'écrive ! Avait-il brusquement changé d'avis ? S'était-il déballonné devant l'ampleur de la tâche ? Ou alors, s'agissait-il, depuis le premier soir, d'une mauvaise plaisanterie montée avec la complicité de ma Sylvie préférée ? Durant cette courte mais pénible période d'expectative, je parvins à survivre grâce à l'Irlandais, aux gauloises, à mon activité sexuelle... malgré la désertion de Fred. « *Oui, Fred, je suis (presque) tout seul... mais je fais toujours (et de plus en plus) honte à voir* ».

Mes dialogues avec Librard devinrent pourtant quotidiens. Quoique le mot dialogue... soit abusif, l'entretien ressemblant le plus souvent à un monologue. Deux plombes sans fumer, sans boire et presque sans parler. Il raconte, j'écoute, je prends des notes. Parfois j'interviens pour lui faire préciser un point. Ambiance studieuse. Ici on ne rigole pas, monsieur, on travaille.

Pas facile, le boulot ! Une vie ne peut être j(a) ugée tant qu'elle n'est pas achevée ; Horus veille à ce que la pesée des âmes – sous l'œil imperturbable du dieu scribe – n'intervienne qu'après la mort. Malheureusement pour nos contemporains, les religions, confessions, croyances, superstitions les plus diverses n'ont pas toutes su s'inspirer de la sagesse du fils d'Osiris. Le monde chrétien par exemple s'obstine toujours à former un jugement étayé par un dossier incomplet car prématuré, ce qui donne (et c'est bien le but poursuivi) toute latitude au procureur. D'ailleurs... qui pourrait, qui oserait, même avec une connaissance de la fin, porter un jugement sur les moyens ? Surtout pas moi !

Et puis... je devrais, pour être parfaitement objectif, chercher à définir aussi le concept de morale. Il me faudrait alors tenir compte de tous les philosophes, mystiques et autres emmerdeurs, truqueurs, manipulateurs... qui, au cours des siècles, se sont empressés de donner (pour bonne) leur propre vision de la chose. Impossible ! Inutile ! D'autant qu'il serait alors présomptueux d'écarter saint Augustin lui-même qui – après tout – a parfois tenu des raisonnements qui valent encore :

Celui qui se perd dans sa passion a moins perdu que celui qui perd sa passion.

Je n'en disconviens pas...

La protection, maintenant. L'opulent et magnanime Librard serait mon protecteur, puisqu'il est censé protéger – entre autres espèces menacées – les écrivains... Reste à savoir contre quels dangers réels ou supposés, actuels ou futurs, le brave homme pourrait bien dresser sa haute et vaillante stature de chevalier à la... noble figure. Non, ce serait lui proposer un rôle à contre-emploi.

Je me demande pourtant... si, même involontairement... Xavier Librard ne constitue pas pour moi, une sorte de protection, un bouclier contre mes cruelles flèches intérieures. Si j'osais la comparaison par trop triviale, j'évoquerais une fois encore, et avec plus de pertinence, le préservatif, cet objet aux propriétés moins décoratives qu'élastiques, dont la fonction est de préserver les deux protagonistes.

En vérité, j'ai du mal à me forger une opinion sur ce type, ses idées, ses motivations profondes... mais personnellement, je vis nos rencontres comme autant d'instants arrachés à la grisaille, au désespoir, à l'ennui. Comme autant de rapports protégés des agressions externes. Et des tourments internes.

Pendant deux heures, chaque matin donc, de dix à douze, je me concentre sur un sujet qui occulte mon thème de prédilection, ma gracieuse, douce et despotique personne, avec ses doutes, ses contradictions, ses tergiversations, ses maux de tête et d'estomac, ses cheveux qui tombent, ses envies de pisser, de boire, de dormir, ses insomnies... De plus, l'après-midi, en dehors des balades sur la conche, des rêves éthyliques sur canapé complice, et des rares clients qui me restent fidèles, je dois mettre en ordre mes notes, rédiger un résumé de l'entrevue matinale. J'y consacre une heure, environ... Comme tous les vrais fainéants, je travaille vite. Pour en être débarrassé !

« Et l'aide financière ? » hurle mon dico.

Elle ressemble effectivement à du mécénat.

Quand il veut quelque chose, l'ancien cadre sup', il s'en donne les moyens ! D'accord, j'ai plutôt bien négocié le contrat moral, mais il n'était pas forcé d'accepter mes conditions. Il n'a discuté que pour la forme, par habitude, déformation professionnelle. Si bien que je me suis demandé si je n'aurais pas pu demander plus. On peut toujours demander plus, reste à l'obtenir. Et l'élégance, qu'est-ce qu'elle devient l'élégance ? On se torche avec ? Non, ce n'est pas mon genre, et dans l'ensemble, au moins sur le papier, les conditions se révèlent satisfaisantes, d'autant que c'est du *black* comme a dit le type qui est venu m'installer la télé. Normal de bosser au noir pour un... nègre ! Décidément, l'aiguille de l'altimètre ne décolle plus ; je deviens lourdingue.

N'empêche, vue de l'extérieur, ma situation paraît sûrement confortable. Je n'ai jamais aussi bien gagné ma vie. Sauf que je n'ai pas encore commencé à écrire vraiment. C'est ce qui me perturbe, l'écriture, la rédaction ! Il faudra bien y venir et... pour l'instant... ça ne vient pas. Mais alors, pas du tout ! C'est pour ça que je fais ces longues « randonnées » sinistres sur la conche désolée, en bouffant les tonnes de sable que le vent furieux arrache au paysage ; c'est pour ça que je bois, que je fume, que je chasse mes clients, c'est pour ça que je maltraite Sylvie... Je maltraite Sylvie, moi qui l'aime tant ? Oui, je la maltraite un peu... il me semble.

Et dès que je me retrouve seul, je m'installe

devant mon clavier pour écrire. Mais je ne parviens qu'à classer mes notes, les relire encore et encore... Je finis par les connaître par cœur, mes notes. Je n'ai même pas trouvé le titre de l'ouvrage. Et la première phrase ne s'impose pas non plus. Putain, c'est important la première phrase d'un bouquin. Alors je cherche des idées un peu partout. Dur de faire mieux que Billie Holiday ! Dans son autobiographie rédigée par William Dufty, elle attaque fort : « *Papa et maman étaient mômes à leur mariage ; lui dix-huit ans, elle seize ; moi, j'en avais trois.* » En voilà une première phrase qui accroche ! C'est autre chose que : « *Longtemps je me suis couché de bonne heure.* » Information dont, franchement, personne (et surtout pas moi qui ai tendance à me coucher tard) n'a rien à foutre !

Il faut dire que la diva du jazz, Lady Day, ma sublime chanteuse préférée, adulée, révérée, mon icône sensuelle et fragile... elle, dans toute sa splendeur vénéneuse, dans toute sa beauté mature de victime expiatoire, elle et son biographe ne s'embarrassaient pas de vérités historiques. C'est du moins ce que prétendent les critiques blancs qui accusent les deux comparses (surtout le second) d'avoir écrit *Lady sings the blues* en vue d'une vente des droits à l'industrie cinématographique. Ce n'est pas mon cas. Pour l'instant... Spielberg n'a pas téléphoné.

Les termes de l'accord avec Librard sont pourtant

simples. Je dois concilier la réalité des faits (la vérité, toute la vérité, rien que la vérité, je lève la main droite et je le jure), avec une forme littéraire attrayante, un style accessible à tous sans tomber dans la platitude ni la démagogie, tout en faisant preuve d'une originalité de bon aloi. Je l'aurai gagné, mon fric, si j'aboutis ! D'autant que la combinaison subtile entre le fond et la forme, m'apparaît aussi redoutable qu'un parcours du combattant truffé d'obstacles devant lesquels ma gorge se serre, mes genoux tremblent, mon palais s'assèche, mon cœur s'arrête... Et je renâcle.

C'est trop dur, je n'y arriverai jamais !

*

Je suis né à Bordeaux, près du grand théâtre, le 23 septembre 1938.

Non, c'est nul ! Ce n'est pas une autobiographie, c'est l'état civil. Il ne m'a pas embauché pour ça, l'ancien !

Voir le jour près du grand théâtre de Bordeaux, par une douce matinée de septembre...

D'accord, pas mal... et après ? Ce serait une chance dans la vie de naître avec vue sur le grand théâtre de Bordeaux, dans l'odeur de vin vieux et le froissement des billets que l'on compte amoureusement au cul des barriques ? À moins que voir le jour dans une famille doublement bourgeoise puisque bordelaise, ne constitue un handicap ? une tare ? Quoi qu'il en soit, je ne peux pas finir cette phrase sans donner un avis, sans perdre l'indispensable impartialité qu'exige mon rôle.

La douceur d'un début d'automne clément enveloppait le grand théâtre de Bordeaux d'un manteau...

Un manteau de quoi, pauvre con ? Un manteau de douceur ? Tu l'as déjà dit que le début de cet automne était doux. Même qu'il était clément si on veut bien te croire... Remarque, t'as une chance sur deux, et au fond, t'as sans doute raison, en septembre, il fait généralement meilleur qu'en février. Même à Bordeaux ! Mais avoue que ce Librard était déjà un mec formidable, une exception de la nature... C'est rare, un nouveau-né dont la première préoccupation est de relever la température extérieure, la pression atmosphérique, et le degré d'hygrométrie, dans l'unique intention de fournir des informations passionnantes à son futur biographe. Je m'en doutais que Librard était un faux nom, un pseudo. En fait, c'est Jacques Kessler qui me pousse à rédiger ses mémoires de météorologue. L'accent aurait dû me mettre sur la voie. Et comme je mélange tout, j'en arrive même à confondre l'accent de Toulouse avec celui de Bordeaux ! Ce qui va faire un paquet de mécontents sur les rives de la Garonne.

Bordelais de naissance...

Il faut bien être né quelque part. J'en connais qui

sont nés à Mornac et qui en sont aussi fiers que d'être originaires d'une quelconque préfecture de Gironde. Ah ! ce chauvinisme que fustigeait le père Brassens : « Les imbéciles heureux qui sont nés quelque part... » personne n'y échappe. J'en déduis qu'il vaut mieux ne pas commencer par le début. Il serait peut-être plus original (plus littéraire ?) d'attaquer par la fin. Seul inconvénient de la formule, je ne la connais pas, cette fameuse fin ; il faudrait attendre que notre enfant de l'autre siècle en finisse avec ses confessions.

Les confessions d'un enfant de l'autre siècle.

Voilà un bon titre ! Mais je m'en fous du titre, je cherche la première phrase. Allez, restons dans le romantisme !

Ce siècle avait trente-neuf ans...

Ça lui faisait une belle jambe !

Déjà Vichy perçait sous Verdun...

Qu'est-ce que j'en sais ? Mes parents n'étaient même pas nés...

C'est de l'histoire ancienne tout ça, des machins pour anciens combattants, monuments aux morts et majorettes rachitiques à l'appui. Quant à Librard, le malheureux n'a pas plus résisté que collaboré, dans les sinistres années qui ont suivi sa naissance à Bordeaux, près du grand théâtre, comme nul ne peut l'ignorer maintenant. Il s'est contenté de vivre, ce qui à l'époque (et même aujourd'hui) n'est déjà pas si mal. Et bien assez navrant. Mais, très franchement, si c'était pour en arriver à cette conclusion, il n'était sans doute pas indispensable de se lancer dans une telle entreprise et de mobiliser tant d'énergie.

À ce niveau de réflexion, mieux vaut s'en remettre à ceux qui parlent pour faire du vent et qui, pour reprendre leur souffle court, proposent de recentrer le débat. Recentrons donc : commencer un récit par son début, ne présente pas suffisamment d'intérêt. C'est banal ! Je veux dire du point de vue narratif... Dans ces conditions, n'en parlons plus. Commencer par la fin est certes plus séduisant mais d'autant moins envisageable que chaque matin, dès mon arrivée ou juste avant mon départ, le « patron » s'enquiert de l'avancée de ma prose le concernant. Et, comme je l'ai déjà précisé avec cet esprit d'ouverture qui caractérise l'ensemble de ma démarche créatrice... je ne connais pas encore la fin et ne peux, en conséquence, calmer plus longtemps la très légitime impatience de mon héros.

Reste à démarrer au milieu.

Après mon service militaire, je me suis marié...

Question originalité, j'ai la frite, aujourd'hui, on peut le dire ! Et même l'écrire.

D'abord il faut partir d'un fait important, un événement qui aurait bouleversé la vie de l'unique personnage de ce passionnant roman. Là, ça me donne une idée de titre : *Ma vie est un roman.* Tu parles, j'ai déjà vu quelque chose d'approchant quelque part... et ce n'est pas le titre qui me préoccupe pour l'heure, mais l'accroche. Allez, mes petits doigts, soyez agiles et inventifs sur le gentil clavier de tonton Marc qui va se servir une nouvelle bière parce qu'il en a plein le cul de cette connerie d'autobiographie d'un fumier de financier à la gomme. *Autobiographie d'un banquier.* Pourquoi pas « autopsie », au point où j'en suis ? *Autopsie d'un pleutre.* « Premingerien » en diable !

Une bière, mais oui, c'est cela...

J'étais assis tout en haut des caisses de bière, plongé dans la passionnante lecture d'un « Kit carson », quand la fusillade éclata.

C'était en Algérie, dans les Aurès. Merde, il avait quel âge, le môme Xavier ? parce que... pour le titre... y'a un truc qui me vient... Faut que je le note tout de suite. Voilà. C'était donc pendant la guerre (ou les événements, ça dépend des points de vue) d'Algérie. Une belle saloperie ! Le deuxième classe Xavier Librard était arrivé, comme je viens de l'écrire, perché sur des caisses de bière, à l'arrière d'un camion de ravitaillement. Le convoi était tombé dans une embuscade.

Les fellouses (j'emploie à dessein, le mot de l'ancien guerrier). Les fellouses (je ne suis pas très sûr de l'orthographe). « Les fellouses » (avec les guillemets, ça passe nettement mieux ! Après tout, je ne vais pas endosser son vocabulaire raciste, au père Librard. À chacun ses responsabilités, quoi). *« Les fellouses » mitraillaient le convoi.*

Terrible, le comité d'accueil ! Et le malheureux

Xavier, juché sur sa montagne d'orge fermentée, s'enfonçait progressivement dans le suave parfum du houblon.

J'ai failli me noyer dans la bière.

Quand on pense que certains jouissent dès la première gorgée !

La sagesse populaire a bien raison de prétendre qu'il n'y a de chance que pour la canaille. Mourir, en pleine guerre d'Algérie, noyé dans la mousse (drôle de soirée), quel pied ! C'est pas à moi qu'une pareille aventure adviendrait. N'empêche, j'ai trouvé un début qui se tient parce que, à mon avis, un homme qui a si profondément trempé dans la bière n'en sort pas indemne. Forcément ! C'est comme un virage dans sa vie, un tournant du destin... Non ? D'ailleurs, je vais en ouvrir une autre pour arroser ça. Garçon, un demi ! À la santé des militaires !

2
À la santé des militaires !

— À la vôtre, Marc. Au fait... vous en êtes où ?
— À la guerre d'Algérie, monsieur Librard.
— Bravo, vous avez bien avancé.
— Je ne suis pas mécontent. Je crois que ce sera...
— Excellent ! Je n'en ai jamais douté.

Et moi, donc ! À l'heure qu'il est – midi douze – le soldat Librard se débat dans la bière blonde et le verre brisé. « Ça porte bonheur ». Au petit baigneur en question, ça n'avait en effet pas porté malheur puisqu'il en était revenu de cette foutue Algérie. Ce qui peut arriver de mieux avec une guerre – même quand les politiciens la baptisent « *de pacification* » et les médias « *événements* » – c'est d'en revenir. Reste à savoir dans quel état. Chez mon « *protecteur* », les séquelles semblaient limitées. Quoique...

— Vous savez, Marc... je ne vous ai pas tout dit...
— Difficile d'être exhaustif sur un sujet aussi vaste.

Je ne me mouille pas ! Plus évasif et je me retrouve en cavale, au volant d'une voiture volée, les fers aux pieds (on ne met plus de fers aux prisonniers ? Et alors ? Moi on m'en a mis ! depuis toujours !), recherché par toutes les polices de France et d'ailleurs, ennemi public numéro un. Pourtant, j'ai bien compris le sens de son intervention, au mec Librard. Mais je me professionnalise de plus en plus, je suis devenu un genre d'envoyé spécial... Un journaliste d'investigation, plutôt. Un fouille-merde pour être plus direct ! Et là, mon infaillible instinct d'enquêteur me dit que je vais pouvoir fouiller. La merde ne va pas manquer !

— Ce que je voulais dire, mon petit Marc... Ah ! C'est bien difficile d'en parler aujourd'hui... à un jeune homme qui n'a pas connu cette époque tragique. Vous savez... ce n'est jamais bien propre, la guerre... J'ai vécu des situations... qui reviennent encore certaines nuits... et dont je n'ose parler à personne... Je voudrais oublier... Il faudrait oublier...

Alors comme ça, les tortionnaires éprouvent des remords ? Ils ont des regrets ? Leurs ignominies passées se transforment en cauchemars qui les éveillent en pleine nuit, trempés de sueur dans leurs draps de déshonneur ? Enfin de bonnes nouvelles ! Des nouvelles du front (national, comme il se doit). Hé ben, dis-le, monstre, que tu tournais la manivelle de la magnéto pendant que le suspect hurlait, avec les deux électrodes accrochées à ses couilles ! Et après, quand le misérable avait avoué n'importe quoi, il fallait s'en débarrasser. Faisais-tu partie de l'escorte qui emmenait le pauvre paysan faire cette infâme corvée de bois ? Étais-tu l'exécuteur ? Ou te contentais-tu de creuser le trou en te bouchant lâchement les yeux et les oreilles ? Réponds, bordel de merde, ou je te remets dans la baignoire ! J'ai les moyens de te faire parler, ordure.

— Je n'ai pas eu le courage de vous en parler, Marc... Même Valérie-Anne n'a jamais su... C'est mieux ainsi. Hors du contexte, toutes ces abominations deviennent encore plus incompréhensibles. La cruauté de l'homme est inimaginable, vous savez...

Je sais. Enfin... je me doute... mais si tu crois que je vais te lâcher comme ça, mon bonhomme, avec des aveux aussi incomplets, tu te goures ! Allez, une décharge pour papa, une décharge pour maman, il va se mettre à table le petit Xavier.

— Si je puis me permettre, monsieur Librard, avec tout le respect que je vous dois, il me semble que votre autobiographie serait plus complète, plus crédible, plus « marchande » (voilà un argument qu'il devrait assimiler facilement), si nous n'en occultions pas les pages sombres... si nous abordions sans détour les drames qui marquent votre vie et celle de nos deux pays, de nos deux cultures. Le problème de la torture en Algérie ou celui des actions de représailles dans les villages berbères, les femmes et les enfants violentés, les hommes égorgés... voilà qui serait nettement plus passionnant et instructif que l'anecdote des caisses de bière. Qu'en pensez-vous ?

Je suis allé trop loin, c'est sûr. Parfois je m'emporte... Il va falloir envisager un repli stratégique rapide si j'en crois la drôle de tête qu'il arbore à cet instant, le producteur d'électricité. Une tête de rat pris au piège. Putain, je me marre quand même en coulisse, avec toute la discrétion faux-cul qui sied à ma position de salarié (non déclaré) ! Heureusement pour lui (et pour moi, finalement), l'artillerie légère de l'armée de libération – le cordon-bleu en guise d'étendard – investit le champ de bataille avec les cacahuètes et les olives. La bouteille de champ' avait déjà pris position sur les hauteurs du djebel... Librard me sert un verre avec presque pas de mousse. Ils savent vivre les bourgeois, défenseurs du travail, de la famille, de la patrie (et de ses belles colonies), faut leur reconnaître cette qualité. Leur problème, ce serait plutôt quand il s'agit de mourir.

— N'insistez pas, Marc. Je comprends parfaitement votre curiosité à propos de ces temps qui doivent vous paraître aussi lointains que barbares, mais qui, je vous assure, méritent surtout d'être oubliés.

Pour lui, la discussion est close. Elle le sera donc aussi pour moi, son obligé. Pardon, son protégé. Ce fut néanmoins jouissif d'observer, durant quelques secondes intenses, la débandade, la fuite, l'abandon, la désertion du brave soldat Librard. *« Il faut sauver le soldat Librard.* » Pas de lézard ! il se sauve tout seul... Chacun s'arrange comme il peut avec sa mémoire. Et avec sa conscience !

— Vous ne buvez pas, monsieur Marc, intervient fort à propos, Valérie-Anne qui ne voit rien venir.

Remarque pertinente et dont je tiens le plus grand compte. Cela fait quelques lunes et pas mal de lustres que l'on ne m'avait pas reproché ma sobriété légendaire. Le vaisseau du désert, on me surnomme ! Ce qui ne m'empêche pas de constater que c'est la première fois que nous prenons l'apéritif pour clôturer notre matinée de labeur. Le futur « biographé » s'en est expliqué tout à l'heure, en m'invitant :

— Nous sommes environ à mi-parcours, mon petit Marc. Jusqu'ici, nous avons décrit le personnage, étudié son itinéraire intellectuel, familial, professionnel ; nous avons balisé sa vie d'événements significatifs autorisant le lecteur à mieux appréhender la suite. À partir de maintenant, nous allons passer aux faits. Je vous propose de fêter cet événement au champagne.

Monsieur Taittinger, ceint de son écharpe rouge de grand apparat, est donc apparu dans un seau en argent perlé de gouttelettes glacées. Complètement givrés, ces fichus bourges !

Je déguste lentement (je fais des efforts) mon premier verre ; je sais qu'il ne sera pas suffisant pour calmer les tremblements que je ne maîtrise pas, que je ne maîtrise plus. Toute une matinée sans picoler ! Il faut apprécier l'exploit à sa juste valeur. J'ai beau me «charger» avant, dans la bagnole que les flics ont ramenée – à ma grande surprise – aussitôt après l'avoir confisquée, c'est dur quand même... Et pour ma tremblote récidivante, le champagne n'est pas une boisson assez forte. C'est bon, le champ', ça fait des bulles, un peu comme le pantin sénile qui n'amuse plus que les cathos impubères... mais c'est trop peu alcoolisé. Il faut compenser par la quantité... Le deuxième arrive donc comme une planche de salut. Je m'y accroche. Par bonheur, Valérie-Anne – « *Appelez-moi Anne, monsieur Marc* » – ne boit pas, elle est au régime, on se demande bien pourquoi, elle est mince comme un fil de fer. J'aurai donc droit à un troisième verre, l'ancien de l'inquisition laïque et de la société anonyme d'électricité réunies, n'étant pas du genre à remettre une bouteille entamée au frigo. Ce n'est peut-être pas un monstre, au fond, il a des côtés sympas...

On discute de tout et de rien, des meilleurs millésimes de champagne, du temps qu'il fait et qui devrait s'arranger, de la politique ou plutôt de ce qui en tient lieu depuis que gauche et droite tiennent le même discours libéral et mondialiste, des lointaines élections présidentielles, des municipales qui se rapprochent...

Le temps passe calmement et le niveau baisse doucement dans la bouteille. Je n'ose pas regarder ma montre, ce serait impoli avec des gens si bien élevés. Pourtant, je viens de prendre conscience que je vais arriver en retard au studio. Certes, Sylvie a la clé... mais je me demande comment elle va prendre ça... Elle est parfois imprévisible, la femme de ma vie. Comme toutes les femmes... de ma vie ou d'ailleurs.

*

— Alors, comme ça, t'as décidé de te spécialiser dans l'amour platonique. T'as plus envie de moi ?

— Mais si... qu'est-ce que tu vas encore chercher ?

— Rien, je vois l'heure, c'est tout. Et je ne t'en veux pas ; je te signale seulement – et je te prie de bien vouloir m'excuser pour le pragmatisme de mes préoccupations – que nous ne pourrons pas faire l'amour ET manger en moins d'une demi-heure.

— C'est café OU chocolat ?

— C'est chocolat ! J'ai une faim de louve !

— Et moi, je bande comme un cerf ! Le champagne me fait toujours cet effet bienfaisant...

— Du champagne, tu t'emmerdes pas, mon salaud !

— Je fréquente, sur tes conseils avisés, la haute société royannaise. Ton ami Xavier, le saint homme, ne « s'mouche pas avec un dail », comme on dit du côté de Plordonnier.

— Ce qui signifie ?

— Qu'il est plein aux as ! Et qu'il ne se prive de rien ! Ce dont, au demeurant, je ne saurais le blâmer.

On continue sur ce ton badin, celui de la fausse dispute amoureuse, un bon moment, assez longtemps pour qu'il devienne impossible (en théorie) de satisfaire l'un OU l'autre de nos penchants communs. Du coup, c'est dans un bel élan œcuménique que nous prenons la sage décision de nous sustenter d'abord pour mieux baiser ensuite. Comme il sied à des amants de notre qualité.

— Ton premier client vient à quelle heure ?

— Pas d'bol, c'est l'seul qui m'reste (en dehors de...), mais je lui ai connement filé rencard à quatorze heures.

— Comment on fait ?

— Comme on a dit ! Je vais mettre une pancarte sur la porte, « Fermé pour cause d'inventaire ».

— Il ne sera pas dupe.

— Tant mieux, il commençait à s'incruster...

Pour la petite histoire (la toute petite, vraiment), je précise que le programme de l'après-midi sera respecté jusque dans ses moindres détails, avec même un avant-goût de la seconde partie, en ouverture de la première. La gourmandise doit être satisfaite dès qu'elle se manifeste, mais... fournir plus de détails serait du plus mauvais goût.

*

Elle est repartie à plus de cinq plombes, ma gourmande adorée. Trois heures de rapports sexuels non protégés. Du sérieux, je veux dire, pas le petit truc vite fait mal fait, dans les toilettes du lycée ou sur le siège arrière d'une bagnole, sous un réverbère, dans les années soixante, avec le juvénile et grassouillet Richard Anthony. Non, de l'érotisme adulte, avec préliminaires, vocabulaire, émotions, pauses, échange d'impressions, innovations, coups de théâtre et finition... Ah ! Sylvie, question sexe, c'est une nana qui ne fait pas semblant. Elle aime ça autant que moi, c'est dire ! Mais le rythme d'un coït à l'heure, mine de rien, ça vous laisse quand même un futur quadragénaire sur le flanc, avec un besoin vital et urgent de remontant. Du coup, c'est l'Irlandais qui baisse. On appelle ça le principe des vases communicants... ou communiquants, c'est selon... Dix-sept heures trente, ce n'est vraiment plus l'heure de s'asseoir devant l'ordinateur. Qu'est-ce que tu dis, Hank ?

Il n'y a qu'une chose qui convienne à l'écrivain : la solitude devant sa machine à écrire.

Dis donc, tu pourrais te mettre à la page, vieux machin, tu la fous mal avec ta Remington ! Tu pourrais au moins utiliser une Burroughs, ça ferait plus littéraire pour un disciple (inavoué) de Kerouac et de Ginsberg. Et en attendant, je te conseille gentiment de fermer ta grande gueule, plutôt que de me souffler des conneries. Tu sais que tu commences à me gonfler ? Non, tu t'en fous, espèce de vicelard, tu ne t'es jamais abaissé à écrire la biographie d'un vieux Royannais plein d'fric. D'accord, mon pote, t'as raison, mais faut bien subvenir aux besoins du ménage. Je déconne ? Ouais, je déconne... je ferais mieux d'enfiler la parka et de prendre le paquet de gauloises pour aller respirer l'air pur du grand large. Je veux dire... celui de l'embouchure de la Gironde.

La température est relativement clémente, ce soir, sur la conche. Curieux comme ici le sable a tendance à foutre le camp pour envahir la route – « *On the road again* » – au moindre coup de vent. Manque de discipline ! Pour l'heure, pas de tornade à l'horizon, et il ne pleut même pas. Bravo, la météo ! Mais pourquoi la clope a-t-elle ce goût infect ? Pourquoi la ligne de séparation entre le ciel et l'eau est-elle aussi floue ? Si seulement on apercevait une voile, on pourrait deviner l'horizon. Mais... mieux vaut ne pas trop rêver, savoir se contenter des mâts qui ondulent de l'autre côté de la digue, prisonniers du port de plaisance.

Je récapitule, c'est bon de récapituler en marchant : avec Sylvie, c'est l'amour fou (pléonasme ?), mais je n'en sais toujours pas plus sur elle, et je n'espère pas vraiment progresser à court terme (voilà que je parle comme un banquier, maintenant) ; avec Librard, c'est un peu le même topo, mais avec une promesse (des promesses, toujours des promesses !) pour pas plus tard que demain. On évoluerait vers... comment a-t-il dit, l'enfoiré ? Des faits. On verra bien... je ne m'attends pas au *scoop* de l'année, mais si un événement original pouvait venir égayer le triste récit d'une vie de banquier, il serait le bienvenu. Et surtout, je saurais peut-être mieux par quoi commencer, parce que sincèrement, plus j'y pense, plus l'incident algérien des caisses de bière, je trouve ça... limite.

C'est limite ! mais pas plus que d'attaquer par l'embarquement à Marseille, la naissance, l'enfance et les études à Bordeaux, le mariage je ne me souviens plus dans quel bled paumé du Sud-Ouest (il faudra que je consulte mes notes), pas plus que l'entretien d'embauche à la Banque de France... On en est là : après avoir pris son premier poste, à Clermont-Ferrand (faut bien débuter quelque part), il fait un maximum d'heures supplémentaires, devient un bourreau de travail (c'est une maladie !), met en œuvre avec un discernement et une compétence hors du commun ses immenses qualités de gestionnaire, passe tous les examens et les concours internes possibles, obtient enfin une promotion méritée. Le suspense est à son comble, le lecteur hors d'haleine n'en peut plus, il crie grâce...

Le lecteur, il se dit (c'est un naïf, le lecteur) que peut-être... côté sentiments... il va se passer des trucs pour tirer le récit de son insondable torpeur. Normal, un mec qui consacre sa vie à sa carrière professionnelle, qui rentre tard dans son foyer...

il s'expose forcément. Délaissée, la malheureuse Valérie-Anne va chercher ailleurs, dans les bras d'un jeune et bel inconnu au regard sombre et à la poitrine velue, la tendresse qu'elle ne trouve pas chez elle. En plus d'être naïf, il est logique, le lecteur. Et romantique avec ça ! Par contre, on voit bien qu'il ne connaît pas Valérie-Anne.

Mais il est aussi pugnace, notre lecteur. Il sent qu'il y a du mystère dans la vie de cet homme (comme dans la vie de tout être humain), que le jeune cadre dynamique se réfugie derrière une façade bien lisse d'ennuyeuse respectabilité pour mieux cacher les pires turpitudes. Parfaitement, il a tout pigé, le lecteur. Tout seul, comme un grand ! Il sait qu'en général, l'abandon partiel et nocturne du domicile conjugal tient plus à des histoires d'amour ou de cul qu'à des contingences purement industrieuses. Il pense (il souhaite), le lecteur, que l'heure de la « débauche » justifie pleinement son appellation. Dès dix-sept heures, il imagine donc le héros filant tout émoustillé, vers la petite garçonnière où l'attendent trois greluches bien délurées qui vont déployer des trésors d'ingéniosité pour lui faire oublier sa longue journée de triste labeur... Au(x) sein(s) de son harem, il sirotera jusqu'à la nuit du champagne frappé dans une coupe en cristal. C'est le lecteur qui est un peu frappé de s'imaginer que tout le monde pratique comme lui.

Faut l'comprendre, néanmoins ! Il se dit, dans

sa p'tite tête de lecteur, que personne n'a été assez salaud pour mobiliser son attention et son emploi du temps dans le but unique et pervers, de lui imposer un reportage sur la dure vie de gratte-papier dans le giron de la haute administration nationale. Un genre de documentaire sur la chaîne alimentaire dans la forêt subtropicale. Eh oui, dès son plus jeune âge, il a été nourri au San Antonio, le lecteur, et même si parfois, il se laisse aller à des plats moins consistants, il est habitué à ingurgiter du costaud. Alors, les états d'avancement, les marges de progrès, les ratios, les feuilles de salaire... il en a rien à glander ! Il se dit que bientôt, le masque va tomber, que le vrai visage de Xavier Librard apparaîtra en pleine lumière, et qu'enfin, cette lamentable histoire pourra décoller. Moi, indécrottable pessimiste, je pense qu'il se goure, le lecteur.

Enfin, on ne sait jamais...

J'allume une troisième cigarette ; la nuit tombe doucement sur la conche ; les voûtes du port s'illuminent rien que pour moi ; le vent se lève mollement ; je tremble un peu, mais pas de froid ; il va falloir penser à rentrer, l'Irlandais me manque cruellement ; je me demande ce que fait Sylvie en ce moment. Et ce que Librard pourra bien me raconter demain. Demain, c'est si loin, c'est après le soir, après la nuit... Demain est un autre jour.

3
DEMAIN EST UN AUTRE JOUR.

Aujourd'hui, en vérité ! Je sonne chez mon « employeur » à dix heures pétantes ; j'ai mal à la tête, genre bourdonnement perpétuel dans les oreilles, avec marteau-piqueur s'acharnant sur les tempes ; je n'ai pas pris le temps de me doucher, de me raser ; juste un café à la va-vite pour avaler l'aspirine, et me voilà, fidèle au poste. Pas frais, mais présent. On pourra me reprocher toutes les fautes professionnelles possibles, mais au moins... personne ne viendra m'accuser d'embaucher en retard.

— Bien dormi, mon petit Marc ?

Qu'est-ce que ça peut lui foutre à ce nanti, que j'aie bien ou mal roupillé ? Je n'en sais rien moi-même, puisque je pionce encore. Avec un peu de chance, dans deux heures, je serai peut-être en mesure de répondre...

— Un petit café vous fera du bien, Marc.

Puisque tel est son avis, je m'en voudrais de le

contrarier. Personnellement, j'émets les plus grandes réserves sur les pouvoirs bénéfiques de la caféine. Je veux dire... dans mon cas. Ce qui ne m'empêche pas d'avaler ma tasse d'un trait, comme si ma vie en dépendait. Un caoua sans plus de sucre que de cérémonie, pris dans la cuisine, entre hommes. J'ai remarqué depuis plusieurs jours que la tendre épouse n'est pas visible avant onze heures.

— Valérie-Anne campe dans la salle de bains, vous savez comment sont les femmes, siffle en guise de commentaire, le mâle moqueur.

Je savais, il me semble... il y a longtemps... parce que maintenant, je ne sais plus très bien... Les femmes... la mienne partie avec un homéopathe qui a su lui dorer la pilule, et l'autre dont j'ignore tout, qui est plus belle que dans mes visions oniriques les plus folles, qui fait l'amour comme une reine de mon cinéma porno imaginaire, et qui ne s'attarde pas plus dans la salle de bains qu'ailleurs. Cette blondasse que j'aime... quand la tête me fait moins souffrir, quand le marteau-piqueur s'accorde une pause et que les guêpes cessent de bourdonner sous mes cheveux. L'autre, ma Sylvie préférée, qui a l'immense mérite de me faire oublier Martine. Mais qui est trop absente, trop « épisodique »... pour avoir l'ambition de me détacher durablement du raide Irlandais. Mon seul maître ! Après Dieu et Librard. Ouais, revenons au banquier. Dans l'immédiat, c'est lui, le boss !

— Allez, monsieur mon biographe, au travail.

C'est parti pour deux heures de confidences, assis face à face dans le petit salon oriental.

Le petit salon oriental ! Comment le décrire ? En résumé, il est petit et oriental. Merde, je suis doué pour ce genre d'exercice descriptif ! Disons donc que dans c't'espèce de salon d'mes deux, il y fait sombre comme dans l'âme d'un président de conseil général (de droite bien entendu) ; pas la moindre fenêtre (si ce genre de personnage pratiquait l'ouverture, ça se saurait) ; pas beaucoup d'air ; ambiance confessionnal. Je retrouve avec plaisir le narguilé, la carapace de tortue (géante, la carapace), des sabres (cimeterres ou yatagans ?) sur les murs, le tapis kurde et l'autre à côté, qui doit être afghan. Enfin, disséminés au hasard dans la pièce, quatre ou cinq lampions qui ont trop fait la fête et qui se contentent de rougeoyer connement, genre couchers de soleil sur le Bosphore. Si bien que j'ai du mal à voir le bloc-notes posé sur mes genoux. Alors j'écris un peu comme on tire... par rafales et au jugé. Après, pour me relire, c'est pas la joie !

— Je travaillais à la Banque de France depuis... environ quatre ans, quand « ils » m'ont contacté.

— « Ils » ?

— De vieilles connaissances... l'Algérie... Un passé que j'aurais voulu enfouir à tout jamais refaisait surface comme un démon aux mille tentacules. Vous en coupez un, d'autres repoussent.

Bon, le voilà qui fait dans la métaphore animalière maintenant ! Eh, mec ! c'est moi le plumitif, du couple, je vais te le notifier avec le doigté qui me caractérise :

— Je m'excuse de vous interrompre, monsieur Librard, mais... vous ne m'aviez pas encore parlé de... connaissances. Pour la cohérence du récit, je crois que vous devriez commencer par là.

— Vous êtes jeune, Marc, vous n'avez pas connu cette tragique époque. Comme j'aimerais pouvoir en dire autant ! Tenez, l'année 1962, elle évoque quoi, pour un garçon de votre âge ?

— La mort de Marylin... les Beatles...

— Moi, je pense aux accords d'Évian, De Gaulle, la défaite, le retour des pieds-noirs, les ultimes soubresauts de l'Algérie française. Difficile de comprendre, aujourd'hui. Les politiciens nous avaient raconté tant de bobards, du ridicule « L'Algérie c'est la France » au célèbre « Je vous ai compris ». Tant de sang avait déjà coulé...

— Alors, quelques gouttes de plus ou de moins...

— Ne soyez pas cynique, Marc, ça vous va très mal.

Admettons. Et disons qu'à son retour d'Algérie, Xavier Librard, un peu désœuvré, complètement traumatisé, savamment manipulé, avait milité dans un mouvement clandestin d'extrême-droite. Une organisation terroriste ! Il avait d'abord assisté à de nombreuses réunions occultes de factieux excités, avait fini par entrer dans un commando, avait participé à la pose de quelques bombes (du plastic), fait sauter quelques établissements publics (la routine), participé à l'instauration de la terreur. Il n'en était pas fier pour autant... Comme lui, je préférerais oublier cet épisode que j'espère le moins sanglant possible. Sans trop me bercer d'illusions...

— Vous savez, mon petit Marc, dans ce type d'action, il y a parfois, c'est sans doute inévitable, des... bavures. Je sais... le mot est abominable ! Mais vraiment... je le jure, il n'y avait pas volonté délibérée de tuer. Simplement, on n'a pas eu de chance... et après, lorsque l'horreur est consommée, les membres du groupe se retrouvent liés – à vie – par un secret commun. Un secret terrible !

— Je vois...

— Ne notez pas tout cela, Marc, je vous en prie.

Je le sens au bord de l'effondrement, l'ancien criminel sans préméditation, à deux doigts de fondre en larmes. Éprouve-t-il des remords ? Pas sûr, au fond... Peut-être regrette-t-il surtout d'avoir gâché les plus belles années de sa vie. Un chose est certaine, il n'éprouve pas la moindre envie de remuer un passé qu'il juge nauséabond, voire dangereux. Mais alors, dans ces conditions... pourquoi être venu me chercher pour écrire sa biographie ? Pour « faire table rase » de ce passé encombrant ? Pour m'obliger à pratiquer un genre d'exorcisme ? Non, ces explications trop simplistes ne sont décidément pas satisfaisantes ; quelque chose ne colle pas dans toute cette histoire ; les zones d'ombre sont encore trop importantes ; il me cache les faits qui me permettraient d'appréhender son personnage et ses actions passées ou présentes, dans leur globalité. Tant pis pour lui, je veux en savoir plus. Alors, je mets le doigt dans la plaie, j'insiste lourdement :

— Vous avez, en compagnie d'autres hommes, commis ce qu'il convient d'appeler, des attentats ?

— Oui... des attentats...

— Et l'un d'eux a mal tourné ?

— Trois morts... C'était la guerre...

— Non, ce n'était pas la guerre !

— Pour nous, c'était la guerre... Et ces... personnes n'auraient jamais dû se trouver là... Un malheureux concours de circonstances...

— Vous plaidez l'accident ?

— C'était un accident, je le jure.

Il jure beaucoup, ce matin ! Il a vraiment besoin de se justifier. Plus à ses propres yeux qu'aux miens, certainement...

— Un peu provoqué, tout de même, l'accident ?

— Croyez bien que j'ai déploré toute ma vie ces victimes innocentes. D'ailleurs, après cet... accident, je n'ai plus voulu participer à la moindre action terroriste, et j'ai progressivement rompu les liens avec l'organisation. Pas facile, je vous assure ! Je suis néanmoins reparti sur de nouvelles bases ; j'ai refait ma vie ; j'ai tenté de racheter ma faute... Comprenez-moi, c'est très dur de brasser tous ces souvenirs tragiques aujourd'hui.

— Justement, ils sont indispensables à ma compréhension ! Et à celle de nos futurs lecteurs.

— Votre conscience professionnelle vous honore, Marc.

Un peu d'hypocrisie n'a jamais fait de mal quand l'ambiance devient trop pesante, la tension trop forte. C'est comme une goutte d'huile dans les rouages grippés de la communication. Sous l'effet analgésique de cette médecine connue depuis la plus haute antiquité, le malade reprend quelques couleurs, retrouve une partie de ses moyens, redevient apte à subir la suite de l'interrogatoire. Curieux comme les guêpes ont fait vinaigre pour se disperser, comme le lancinant marteau-piqueur qui me défonçait le crâne s'est tu ; je suis d'un calme étonnant ; je ne tremble même pas. Plus d'une heure sans boire, pourtant !

— Je vous suggère, une pause, Marc. Un petit remontant me fera du bien. À vous aussi, je pense... Je vais chercher le rhum. Vous trinquerez bien avec moi ?

— C'est pas d'refus, m'sieur.

Il s'éclipse et j'en profite pour classer mes impressions, préparer la suite de l'interview. C'est le mot correct, « interview » ! Et moi, je suis un journaliste (un envoyé spécial, un correspondant de guerre), un paparazzi (ou zo), un flic (c'est souvent pareil) qui enquête sur un crime commis voilà bientôt quarante ans. Putain, quarante ans ! il y a prescription !

N'empêche, le rôle me plaît, il suffit de constater la facilité déconcertante avec laquelle j'ai revêtu son uniforme, et le plaisir (la jouissance) que j'éprouve à cuisiner mon... client. J'ai dû être poulet dans une autre vie.

Toujours pas de rhum à l'horizon. « Ohé, du bateau, on crève de soif dans cette île déserte et néanmoins orientale ». Le naufragé involontaire aurait-il jeté la gourde (la bouteille, pas ma sœur Anne) à la mer avec un message de détresse ? Ou le terroriste serait-il passé par les chiottes afin d'y vomir la honte faisandée qu'il a certainement eu tort de sortir du frigo si longtemps après la date de péremption ? À moins qu'il n'ait fait un détour par la salle de bains pour en mettre une « secouée » à bobonne, en guise de consolation posthume, avant de revenir s'étendre sur mon freudien divan ? Allez savoir... avec les fachos...

Justement... ses copains... il les a revus récemment, si j'en crois mes notes : « Je travaillais à la Banque de France depuis... environ quatre ans, quand « ils » m'ont contacté ». Texto ! « Ils m'ont contacté ». Moi, le journaleux avide de sensations fortes, j'ai alors demandé « qui » l'avait contacté. C'était, je crois – et sans vouloir trop me vanter – une assez bonne question. La seule question valable ! Et j'ai obtenu la réponse attendue : « Ils » étaient les anciens complices d'un crime. « Politique » ou « crapuleux », il ne m'appartient pas de choisir un qualificatif pour ce forfait, ce qui, au demeurant, ne présenterait que peu d'intérêt, car la politique et la crapulerie, si elles ne sont pas systématiquement liées, ne sont pas forcément indissociables *a priori*.

Je ne suis certainement pas très clair (de lune), sur ce coup (de soleil) ! Et mes vannes volent bas (ça va... de soie) en cette matinée (cochon d'Inde) chargée (Chaaaaargez !!!), mais bon... je n'ai rien trouvé de mieux que ces pitoyables « vermoteries » pour m'aider à patienter. Il serait tout de même temps que le rhum (unique objet de mon ressentiment) arrive pour fluidifier cette indigeste et démoniaque salsa. Jetez une pièce dans la fontaine (affable), faites un vœu (tu veux ou tu veux pas ?), et il se réalise aussi sec :

— Sec, ou sur glace ?

— Sec !

Il m'en verse la moitié d'un grand verre, et ne se rationne pas plus.

— Santé !

— Santé !

Laconique, le toast. Faut dire qu'il passe comme un chèque à la banque, ce Cubain, vraiment. Aussi, pendant quelques minutes, ou quelques secondes qui me semblent longues, nous chavirons, mon hôte et moi-même, dans les délices de la dégustation.

— Pardonnez-moi, Marc, de vous avoir abandonné, j'avais besoin de retrouver mes esprits. Vous devez me trouver...

— Je n'ai pas à vous trouver quoi que ce soit, monsieur Librard. Par contre, toute curiosité mise à part, si vous souhaitez que nous aboutissions à une certaine vérité historique dans la rédaction de notre œuvre commune, j'aurais besoin de savoir comment vos amis, s'y sont pris pour vous retrouver, comment s'est passée votre rencontre, et surtout pourquoi ils ont souhaité entrer de nouveau en relation avec vous... Ils vous l'ont bien dit ?

— Sans doute, Marc, sans doute...

Il replonge dans son verre de Havana Club, et semble ne plus vouloir en sortir. Pour un dangereux extrémiste de droite, il exagère d'aller se réfugier chez les « barbudos » à la moindre alerte ! Certes, je comprends qu'une certaine fraternité entre clandestins puisse subsister. Même après des années, même quand ils ont agi pour des motifs diamétralement opposés, même quand ils devraient être adversaires, ennemis mortels... Une similitude des expériences, une parenté de langage, une proximité d'objectifs, une identité d'espoirs, de haines, de peurs... génèrent presque mécaniquement – je finirai par le croire – une forme de compréhension débouchant sur une sympathie qui, pour être ambiguë, n'en est pas moins réelle, profonde, sincère. La fraternité des armes, probablement. Je ne peux toutefois être affirmatif sur ce point, n'ayant jamais porté d'arme moi-même...

— Le rhum de Cuba est un peu plus doux que

celui de la Martinique, vous ne trouvez pas, Marc ?

Oui, et l'Irlandais a moins le goût (l'odeur) de fumée que l'Écossais, question de distillation, vous pouvez en croire un spécialiste ! Mais ça reste une question de goût, néanmoins... J'en connais aussi (Fred et quelques autres alcooliques incultes) qui préfèrent le Jackda au Paddy. Comme quoi... tous les goûts sont dans la nature humaine. N'empêche, faudrait voir à ne pas déconner trop fort avec les choses importantes, à conserver au moins une partie (un lambeau) des valeurs essentielles qui fondent notre belle civilisation.

Quoi qu'il en soit, chantons, mes frères, chantons The Wild Rover :

I've been a wild rover for many a year and I spent all my money on whiskey...

Voilà qui s'appelle chanter !

— Vous ne trouvez pas, Marc ?

Il insiste, mon Xavier chéri, avec la suavité de son breuvage du diable ! Si tu savais, mon gars, comme je m'en contrefous de la douceur, du bouquet, du parfum... et de toutes ces couillonnades pour buveurs chicos ou soucieux de le paraître ! Moi, avec la bibine, je suis un primaire, pas un esthète. Ce que je demande à un alcool, c'est d'être raide, de brûler la gorge et le tube digestif et surtout de calmer cette cochonnerie de tremblote. Pour ça, je serais capable de boire de la tequila ou de la vodka si c'était nécessaire. Même du calva, en cas de force majeure.

Et pourtant, le calva... Mais, Dieu soit loué, si « My Librard is rich », j'assimile aisément que cet état ne l'empêche pas d'être également un homme de goût qui, dans l'immédiat et dans le petit salon oriental, sollicite de la manière la plus urbaine qui soit, une opinion sur le Cubain. Il va l'avoir. Autorisée, l'opinion :

— Il passe bien.

Je pourrais ajouter « comme du p'tit lait », ce serait moins laconique. Mais trop familier, quelque peu trivial au regard du cadre (le petit salon) et de l'ambiance (orientale comme nul ne peut l'avoir oublié). Alors je n'ouvre ma gueule que pour boire, c'est encore ce qui crée le minimum de désagréments. D'ailleurs, je commence à fatiguer... Du coup, je n'ai même plus envie de m'interroger (et surtout de l'interroger) sur le pourquoi et le comment des relations entre terroristes recyclés dans la haute finance. Je sens bien que mon interlocuteur ne demande pas plus qu'un délai – disons, jusqu'à demain – pour retrouver les forces nécessaires à la poursuite de ses révélations. Il doit d'abord y réfléchir seul, préparer ses phrases, affûter ses arguments, s'accoutumer au partage… à ma présence, à ma curiosité, à ma réprobation silencieuse. Putain, j'aime encore mieux être dans ma tête que dans la sienne !

— Je vous avoue bien franchement, mon petit Marc, que je ne pensais pas que ce serait aussi pénible de revenir sur ce passé douloureux... Mais ne vous inquiétez pas, nous reprendrons demain. Sachez que j'apprécie énormément votre patience et votre discrétion.

Circulez, y'a plus rien à voir ! Le rideau tombe, la représentation est terminée pour aujourd'hui, on applaudit bien fort. Le célèbre Guignol Guérin qui a ravi des générations d'enfants royannais sédentaires et autres estivants, salue la compagnie, ferme ses portes (façon de parler pour un spectacle de plein air) et donne rendez-vous à ses petits zamis, demain matin, pour de nouvelles et passionnantes zaventures. Gnafron peut avaler sa dernière gorgée de beaujolpif...

Mais en décembre, il n'y a pas plus de Guignol que de marchands de glaces ou de barbe à papa, pour distraire les gosses, remplacer leurs parents déficients, et animer les abords de l'auditorium. Je le constate amèrement chaque jour de ce trop long hiver... Pour l'heure, je dois surtout penser à prendre congé de mon mécène. Rapidement, mais sans précipitation excessive, avec des mots qui laisseront croire que cette fin prématurée m'arrange.

Du savoir-vivre, que diable !

4
Du savoir-vivre, que diable !

Elle dit ça en rigolant, Sylvie. Comme si elle se souvenait de cette scène d'anthologie, dans *Le gendarme de Saint-Tropez*, Claude Piéplu prenant De Funès pour un « collègue » milliardaire, et lui donnant du « Monsieur Fergusson », long comme un jour sans caviar !

— Un peu de savoir-vivre, monsieur Fergusson, que diable !

Elle le dit parce que je viens d'effleurer son mignon petit cul bien avant l'heure rituellement consacrée à cet exercice. Elle le dit... sans réelle conviction, car elle est flattée – la rougeur de ses joues en porte témoignage – que mon désir soit si vif qu'il me pousse à ce geste, certes prématuré, mais révélateur d'un état qui pour être fort éloigné du Nevada, n'en accuse pas moins une nette tendance à la peu cadavérique « rigidification ». Le rhum de Cuba aura du mal à plaider non coupable dans ce dossier ! Je suis encore sous son empire (pas plus saint que germanique, pas plus castrateur que castriste), et je m'empresse de me verser une bonne dose d'antidote irlandais, après m'être enquis fort courtoisement, de l'état de sécheresse du joli gosier de mon « invitée ». Le « savoir-boire », c'est un peu comme le savoir-vivre, c'est inné ! Chez certains... Chez les Fergusson, notamment.

— Un p'tit apéro, ma belle ?

Jusqu'à cet instant précis, rien de spécial. Le quotidien. Le train-train. La routine. La médiocrité ménagère avec son lot (son arsenal ? son cortège ?) d'habitudes et de conventions : le bisou express et encore un peu trop sec, les sempiternelles banalités météorologiques, journalistiques, culinaires, le sac négligemment jeté sur le canapé, l'invitation à picoler. Confort ! Confort et conformisme ! Comme il est doux (et facile) de s'y installer, de s'y complaire, de s'y vautrer. Pourtant, voilà que tout bascule ! Pour rien.

Pour presque rien, en apparence. Un mot de trop... Je ne sais pas ce qui lui prend, ce qui lui passe par la tête... je ne sais vraiment pas. Avec les femmes... Elle se retourne, abandonnant ses frites à leur huile bouillante ; elle me regarde droit dans les yeux avec un sérieux que je ne lui connaissais pas encore et qui me flanque soudain une inexplicable pétoche. Incroyable, elle est sérieuse comme un pape polonais ! « Oh ! Carole, ne me regarde pas comme ça» , chantait Johnny en s'efforçant d'imiter Chuck. Comme si Chuck était imitable... Décidément, j'ai tort d'écouter Nostalgie !

— Marc, mon chéri, je t'aime beaucoup...

Elle commence vachement bien, son allocution. Trop bien, j'en mettrais ma main dans l'huile des frites ! Parce que le problème, avec ce genre d'introduction, c'est la suite. Voilà qui me ramène par un chemin pavé de bien mauvaises intentions, à ce très particulier général (Oui, Mon Général ! Bien, Mon Général ! À Vos ordres, Mon Général). On vous balance du « je t'aime » ou du « je vous ai compris » (c'est cousin-cousine) et après, on vous l'enfonce si profond qu'il ne vous reste même plus un trou disponible pour évacuer votre excrémentielle déconvenue ! Effectivement – j'aurais pu prendre les paris – la conjonction qui fâche suit les mots qui rassurent :

— Mais...

Oh ! que je n'aime pas ce « mais » ! Quand on aime – et c'est bien ce qu'elle vient de prétendre – il n'y a pas de « mais » qui tienne. C'est entier, l'amour, c'est sans détour, c'est forcément inconditionnel ! Tandis qu'un « mais », si faible, si timide, si discret soit-il, n'est que l'éclaireur des sinistres troupes de l'agression, de l'inquisition, de la violation, de la négation... Conscient de sa capacité de nuisance, le « mais » plane un moment, oiseau de mauvais augure, avant de fondre sur son innocente et tendre proie sans défense.

— ...tu bois trop.

Voilà, je l'avais prédit, c'est arrivé. Le malheur s'est abattu sur ma pauvre demeure. Reste un champ de ruines que le prédateur fouille avidement de ses griffes acérées. Et après ça, la môme Sylvie, elle prétend m'aimer. Oui, elle m'aime, je le vois bien ; elle m'aime comme le bourreau aime sa victime, comme le chat aime la souris, comme le chef d'entreprise aime son salarié ! D'ailleurs n'a-t-elle pas précisé « beaucoup » ? ce qui, au lieu de l'augmenter, relativise fortement et très curieusement, le sentiment dont elle se prévaut. Comme tous les envahisseurs, tous les criminels, les violeurs, les tortionnaires, les exploiteurs, les pollueurs... il lui reste à se justifier. Facile !

— Tu finiras par te détruire !

Elle aurait pu ajouter, « ce serait dommage », non ?

Non ! Elle se contente de me regarder avec ses grands yeux apitoyés. Et ça, c'est bien le truc que je ne supporte pas, la pitié ! Évidemment, si je savais, moi aussi, me mettre dans la confortable et « hankiste » position de *l'Homme Frigorifié*, tout se passerait beaucoup mieux. Mais je n'y arrive pas, et je me demande même si le vieux dégueulasse y parvenait en toutes circonstances. J'ai relevé quelques contradictions (qui n'enlèvent rien au génie de l'artiste) dans l'attitude de Buko, d'ailleurs plus alco que buco... Et puis, je n'ai pas eu la chance d'être fouetté dans la salle de bains par un père plus germain que son cousin, me reprochant d'avoir oublié un brin d'herbe en tondant la pelouse. On n'avait pas de véritable pelouse, rue des Basses Amarres ; la cour était trop petite ; la tondeuse n'aurait pas pu virer... Ah ! Mornac ! Que de souvenirs ! Des souvenirs peu susceptibles de me remonter le moral.

En fait, dans mon cas, il suffirait pour m'en sortir, que je sois plus lucide ! Je me dirais alors que les préoccupations humanitaires de ma minette partent d'un bon sentiment, et même, sans doute, d'une réelle sympathie, d'une amitié sincère, d'une franche camaraderie. Je ne trouve pas les mots qui conviennent, quand je veux éviter le seul qui conviendrait. « Amour ».

Ah ! les mots ! le sacro-saint vocabulaire ! la sémantique, quoi ! Et toc, en v'là d'la sémantique ! Quelle importance au demeurant ? tout ce ramassis de signes n'ayant pas la moindre... signification puisque justement, je ne suis pas lucide... et que je le serai encore moins après ce verre d'Irlandais que les plus sévères préceptes judéo-chrétiens ne m'empêcheront pas de boire. Moralité, je bois. Avec en prime, le plaisir de l'Interdit ! Et cul sec, s'il vous plaît ! En la fixant à mon tour, droit dans ses grands yeux humides. Elle craque.

— Pardonne-moi, Marc, je ne voulais pas...

Les remords, maintenant ! Il est bien temps, quand

on a tout détruit, tout sali, tout gâché... Tout ! Ce qui ne l'empêche pas d'en remettre une couche :

— Au fond, ça ne me regarde pas...

Je ne te le fais pas dire, ma cocotte ! Mes relations intimes avec la boutanche, c'est du domaine personnel. « Attention ! Propriété privée ! Défense d'entrer ! Chien méchant ! ». C'est tellement égoïste et sensuel, la recherche de l'ivresse salvatrice, c'est quasiment mystique, c'est... c'est pas tes oignons, en tout cas, beauté fatale ! Mais bon... t'es gentille comme tout, tu baises comme une reine, et comme en plus t'es pas la dernière des connes, tu sembles l'avoir compris. Allez, je ne suis pas rancunier, on fait la paix.

— C'est cela, Marc, tu as raison, je vais t'accompagner...

Voilà qui s'appelle parler. Même si l'effort est un peu trop évident, même si l'articulation est trop nette pour être honnête, même si la voix se perche dans d'étranges et supposés inaccessibles sommets pour ne pas risquer d'être atteinte par les vagues mourantes des sanglots naissants... Merci, mon amour. Je n'en demandais pas tant ! Apprends que j'apprécie ta compagnie. Et ta démarche volontaire ! Comme quoi, même les femmes retrouvent parfois, quand les circonstances ou les mâles l'exigent, les chemins peu fréquentés de la raison ! Il suffit de ne pas leur céder.

— Mais...

Putain, c'était trop beau ! Je rêvais ! Qu'est-ce qui

va encore *« me chère sur le coin d'la goule »* (me tomber sur la gueule, en mauvais Mornaçon) ?

— ...en dépit de toute l'affection que je te porte... je n'aurai sans doute pas les forces nécessaires pour t'accompagner jusqu'au bout. Un jour, tu seras seul...

Un jour je serai seul. Tout seul et tout froid dans ma longue boîte en bois verni. Souriant ! Apaisé ! Tranquille ! Sage ! Serein ! Beau ! « Beau et con à la fois ». Comme tout le monde...

*

Elles sont telles que je les aime, les frites : chaudes, croustillantes à souhait, au bord de la carbonisation. Sylvie – je te connais bien, ma chatte – a failli me faire remarquer que je forçais trop sur le sel. Elle s'est retenue. Un bon point pour elle ! C'est vrai, j'adore le sel et j'en abuse... Je n'ignore pas que son excès pousse à boire, mais je l'adore. Surtout avec les frites. On n'y peut rien. Et puis... « à quoi ça servirait que les vignerons de Sartène y se décarcassent », si je devais leur faire l'affront de ne pas vider une bouteille si affectueusement remplie ? D'autant qu'ils pourraient le prendre mal, susceptibles comme sont les Corses ! Je vais donc y aller de mes plus vifs encouragements, de mes plus sincères félicitations :

— Excellente idée, ce rouge de Sartène. Sur le saucisson, c'est exquis ! Je ne connaissais que le rosé.

— Au départ, j'avais pensé à un Patrimonio, et

puis j'ai flashé sur l'étiquette du Sartène. Quelle belle ville, Sartène !

— Tu connais la Corse ?

— J'y ai travaillé quelques mois... le temps de m'initier aux vins et de ramener quelques bouteilles.

— Tu faisais quoi ?

— Disons... que j'étais dans la communication.

J'apprécie à sa juste valeur, l'extrême précision de la réponse. « Dans la communication ». Tiens donc ! Et moi, j'y suis pas, dans la communication ? Vraiment, le mystère s'épaissit ! Le suspense devient quasiment insoutenable ! Et je sais que je n'en apprendrai pas plus aujourd'hui. Je pourrai ainsi gamberger à mon aise toute la soirée... en rapprochant Corse et Algérie, en inventant des similitudes entre OAS et FLNC. Mais... je sais bien que ça n'a aucun rapport et que mon scénario politico-terroriste ne tiendra pas plus debout que celui transformant Librard en proxénète et ma petite chérie, en pute de luxe à son service. Absurde ! Elle n'a aucun mal à me le faire admettre. Elle est tellement douée, dans son registre, la môme Sylvie, qu'elle parvient à suivre le fil pourtant tortueux de mes pensées. Une performance qui lui permet de détourner avec tact, le sens de la conversation.

— Au fait, ça se passe comment, avec monsieur Librard ?

Maintenant, c'est elle qui pose les questions. Quand je dis qu'elle est douée, la blonde enfant, je n'exagère pas ! Mais faudrait voir à ne pas me sous-estimer non plus ; je ne suis pas dupe de ses manœuvres et je vais l'en aviser à ma façon :

— Bien...

T'as vu, beauté, comment on élude les questions chiantes et pernicieuses ?

— Je m'en doute... mais encore ?

Quoi, « mais encore » ? Pourquoi elle insiste à ce point ? Elle se prend pour la police ? Elle poireaute avec tante Agatha, maintenant ? Une chose est certaine, elle vire au journalisme fouinard avec sa technique faisandée du « disque rayé » ! D'abord, de quoi elle se mêle, avec ses airs de mijaurée à la mords-moi-le-noeud ? Elle n'a pas d'intérêts dans l'affaire que je sache. Quoique... ce point reste à éclaircir. Et puis, elle me gonfle, maintenant, à me zieuter aussi intensément, par-dessus son assiette de frites roussies, en balançant des « Ça se passe comment ? » trop détachés pour être totalement désintéressés.

Est-ce que je sais, moi, comment ça se passe avec ce vieux facho de Librard ? Disons que... ça se passe. Faut bien que ça se passe, puisque je suis payé (pas trop mal, je le reconnais) pour que ça se passe ! Avec lui, comme avec les autres ! Attends, cocotte, t'auras pas fait le voyage pour rien, tu vas être contente de la réponse :

— Monsieur Librard est un homme absolument charmant. Positivement délicieux ! Distingué.

Cultivé. Attentionné. Je me réjouis chaque jour d'avoir la chance, je dirais même... le bonheur de pouvoir fréquenter, grâce à toi, mon amour, un homme tel que lui. Je ne saurai jamais comment te...

— Me remercier. C'est cela, Marc, fous-toi de ma gueule ! Tu as bien raison. Au fond, je n'ai pas le beau rôle, dans toute cette affaire...

Elle vient de dire un mot de trop. C'est un jour à marquer d'une pierre blanche (une croix sur la cheminée, disait mon grand-père quand il tuait une bécasse, dans les bois de la Déridelle, du côté de Breuillet). Oui, c'est bien la première fois que Sylvie laisse percer un semblant d'information. Je tente aussitôt de profiter insidieusement de sa gaffe :

— Toute cette affaire ?

L'effet de surprise aurait pu jouer en ma faveur, la déstabiliser, la pousser aux confidences... Tu parles ! En vraie pro d'la com', elle se ressaisit vite, mon *executive woman* :

— J'embauche de bonne heure, aujourd'hui. Alors... si tu veux me sauter, il va falloir sauter aussi le fromage.

— Et les explications...

— Et les explications, Marc chéri.

Message d'autant mieux reçu qu'elle sait associer le geste qui sauve à la parole qui tue. Elle se lève, se déshabille en éparpillant artistiquement ses fringues colorées dans le studio grisâtre, et prend sur le dossier du canapé, une pose qui ne souffre pas la moindre ambiguïté.

— Baise-moi !

Je ne me fais pas prier. Sans le moindre préliminaire, fier comme char à bancs, rouge comme premier mai, gonflé comme panse de notable, je m'abîme avec un enthousiasme mal dissimulé, dans la chaleur ouatée de l'œillet rose éclos que la rosée de midi arrose. Puisqu'elle se veut Virginie, des pentes naturelles m'inclinent à penser que j'ai vocation à être son Paul. Le monde est littérature.

5
LE MONDE EST LITTÉRATURE.

Qui écrira le roman de cette ville ? Sans doute, Michel Braudeau dans *Naissance d'une passion,* a-t-il joliment évoqué cette côte, ces villas 1900, ces souvenirs d'après bombardement, cette ambiance balnéaire... Prix Médicis à la clé ! Sans doute. Mais c'était... au passé. Le présent reste à écrire. Celui de cette ville à l'âme vagabonde ? Ou plutôt... celui de cet homme sans avenir et sans intérêt (dans tous les sens du mot) qui arpente les rues désertes d'un Royan improbable et à cent mille lieues sous les mers turquoise des publicités racoleuses pour touristes châtrés d'imagination ? Un quelconque résident primaire, un quidam se traînant une nuit d'hiver, sous une pluie fine et pénétrante, n'en finissant plus de relever le col de son inséparable parka ? Un connard qui se demande ce qu'il peut bien foutre, seul sur ces trottoirs luisants, à une heure pareille, devant ces vitrines illuminées pour personne, dans cette vie sans but ? Pourquoi ne pas en finir maintenant ?

Maintenant ou plus tard...

Il se pose légitimement la question, le connard !

Je m'interroge à juste titre, pour être plus précis. Et je pourrais aussi me demander pourquoi mes pas d'insomniaque me mènent dans cette direction. C'est pourtant pas la porte à côté, le boulevard Frédéric Garnier. « Trois kilomètres à pied, ça use, ça use.... » À quinze ans, j'étais éclaireur unioniste (la tendance protestante du scoutisme) dans la patrouille des écureuils, à Breuillet. La marche à pied, à l'époque, ne me faisait pas peur. Mais depuis ma fréquentation assidue de l'Irlandais, je me suis un peu relâché, de ce côté. N'empêche, j'ai fait du chemin, mine de rien ; je viens de passer devant le monument aux morts ; j'arrive à la hauteur de l'hôtel des Flots bleus ; c'est râpé pour les vitrines, il n'y a plus que des villas, maintenant, jusqu'à Saint-Georges-de-Didonne.

De belles villas, dans l'ensemble...

— Cinq !

Je l'ai crié (de joie) à la face de la désespérance nocturne. C'est la cinquième bagnole que je vois depuis mon départ du studio, voilà près d'une demi-heure. Et je me suis inventé un jeu aussi débile que ceux de la téloche : je ne m'accorde le droit d'allumer une clope qu'après le passage d'une voiture. Marrant, non ? Navrant, oui !

Et de cinq, donc. Il était temps, ça devenait vraiment insupportable ; il me sauve la vie, le chauffeur calfeutré dans son tas de tôle verte ! Je commençais à trembler. Pas de froid, pas seulement de froid... D'ailleurs, je tremble encore, et je vais trembler de plus en plus, je le sais. Quelle folle imprudence ! Quelle erreur fatale ! Quelle prétention imbécile ! Je suis parti sans vivres pour traverser le désert, sans munitions face à l'ennemi sournois et armé jusqu'aux dents qui me guette dans le noir, sans la moindre fiole d'Irlandais salvateur pour conjurer mes peurs ancestrales, mes stupeurs... et mes tremblements. C'est comme un pari que je ferais avec moi-même, un « challenge » diraient les cadres imbéciles, les « managers » incultes et infantilisants des entreprises ringardes qui croient encore aux vieilles lunes tombées depuis longtemps dans le caniveau engorgé du libéralisme économique le plus sordide, à la sacro-sainte « productivité », à la divine « rentabilité », à la miraculeuse « flexibilité ».

Je m'énerve dès que j'évoque le travail, le servage, l'esclavage volontaire ou pas, toutes ces saloperies inventées pour avilir l'humanité, pour la faire plier devant les plus vils serviteurs du roi fric. Et Baudelaire ne m'apportera pas le calme en estimant qu'au bout du compte, « Travailler est moins ennuyeux que s'amuser ». Où irait le monde s'il devait écouter ses poètes ? À sa perte, n'en doutons pas ! Ce qui, à bien y réfléchir, ne changerait pas fondamentalement l'ordre des choses... « Travaillez, prenez de la peine », « Travail, famille, patrie », « Tu gagneras ta vie à la sueur de ton front ». On n'en finit pas de chanter les louanges de cette cochonnerie de travail. Misère !

C'est vrai, je m'en étais presque débarrassé du travail, quand Librard a déboulé comme un chien dans mon jeu de quilles trop bien alignées. Nuance : quand Sylvie a lâché toutou Librard dans mon jeu... À quoi elle joue, ma môme ? J'en reviens toujours à cette lancinante question.

— Six !

Décidément, c'est le pont de Saint-André-de-Cubzac, pour un retour de vacances espagnoles, fin août ! Et moi qui n'ai même pas fini la cinquième clope. Peu importe, j'ai les moyens de m'en offrir autant que je veux, depuis que je... travaille pour ce brave Librard. Et puis, la règle du jeu, c'est la règle du jeu ! On n'y peut rien, c'est comme ça. Je balance donc mon mégot dans le caniveau, et j'allume une gauloise neuve tout en notant que la bagnole vient de ralentir. Et même de s'arrêter. Juste en face de la villa des Librard.

Bizarre, plutôt. Vous avez dit...

J'avale un grand bol de fumée propre, et d'un bond fort agile pour un pauvre drogué dans mon genre, je me cale dans l'ombre propice d'une entrée de villa (providentielle plus que Médicis, monsieur Braudeau), comme si je cherchais à me cacher. Scotché entre portail et murette en pierres de taille, je me cache en effet. Je ne saurais dire pourquoi...

L'instinct, sans doute... Je me cache et j'observe.

J'espionne. Je mate.

La bagnole est une grosse Mercedes (pléonasme encore et toujours !) noire comme la nuit ; il y a trois ou quatre personnes à l'intérieur... Je ne distingue pas bien. Eux, ne semblent pas m'avoir repéré. J'en bloque – bien inutilement – ma respiration déjà courte. La clope s'éteint. Forcément ! Voilà une aventure qui va finir par me coûter la peau du cul.

D'autant que de nouveaux phares s'allument soudain dans l'opacité de la nuit royannaise.

— Sept !

Je l'ai murmuré entre mes dents, quasiment sans bouger les lèvres. Merde, le boulevard Garnier se transforme en autoroute du soleil, un jour de grand chassé-croisé entre blafards et bronzés ! Bison futé ne devrait pas tarder, on n'attend plus que lui pour commencer le méchoui...

Dans la nouvelle venue, la septième, sortie me semble-t-il d'une ruelle adjacente, je distingue très nettement cette fois – mes yeux s'accoutument au mystère et à l'obscurité – deux personnes, un homme et une femme. Mais je n'ai pas envie de « chabadaber » pour autant !

Quand je dis « une voiture »... c'est parce que je n'ose pas mettre trop rapidement et sans vérification préalable, une appellation incontrôlée sur mon impression première. Je me déballonne un chouia car en fait, je vois une BM. On est entre allemandes, si je comprends bien ; la bière va couler à flots et les ouvriers français pourront crever de faim, bons pour la restructuration. Qu'importe, tout le monde s'en branle, ce soir ! Et pour tout dire, j'ai moi-même d'autres préoccupations, nettement moins sociales... parce que cette BM, il se trouve que je la connais. Je la connais bien. Je ne la connais que trop ! Et dedans, il y a un type large comme une bagnole teutonne, un type que je ne connais pas, et une nana que j'aimerais, en cet instant dramatique et précis, ne jamais avoir connue... La BM, tous phares allumés, se gare derrière la Mercedes, comme si elles avaient rendez-vous. Mais tel ne devait pas être le cas, puisque la première arrivée, allume aussitôt ses phares, vrombit d'une colère toute mécanique, et démarre en déchirant la nuit balnéaire d'une longue plainte stridente, abandonnant trois bons millimètres de gomme sur la chaussée humide qui n'en réclamait pas tant. La BM l'imite à la perfection. C'est pas croyable des trucs pareils dans les rues de Royan ; ils se croient tous à Chicago, au cœur des années vingt, en pleine période de prohibition, ma parole !

J'ai du mal à reprendre ma respiration après cette admirable reconstitution de l'ambiance noire chère aux films de gangsters. Une gorgée de whisky – même interdit, même frelaté, même écossais – serait la bienvenue. Mais pas le plus dérisoire « clandé » à l'horizon de ma soif ! Les « incorruptibles » veillent sur ma santé... Les chiens !

Le silence est retombé comme brouillard en pluie, sur le boulevard depuis des temps immémoriaux, et je suis toujours enfoncé dans mon renfoncement, plus liquide que solide, plus mort que vif. Les questions se bousculent au portillon de ma perception (Saint Aldous, priez pour moi), mais elles sont si nombreuses, les questions, et si indisciplinées, qu'aucune ne parvient jusqu'au port de la formulation. Je n'ai d'ailleurs plus de cerveau pour penser ; je ne pense donc pas vraiment ; je n'éprouve plus que de rares sensations primitives et mal définies... Exemple : en temps normal, je n'entendrais pas, de si loin, le ronronnement du moteur qui, après avoir disparu, revient à une allure nettement plus modérée. De plus, ma culture automobile est beaucoup trop limitée pour que je puisse me permettre de disserter sur les différences sonores engendrées par un tank et un veau, fussent-ils l'un et l'autre, allemands.

Certes. Mais cette nuit est très différente des autres. Et la voiture qui utilise ce moteur, et qui n'en finit plus de se rapprocher, je n'ai aucun mal à l'identifier. C'est une BM, j'en mettrais ma chique à couper !

Poussé par une impulsion que la certitude et le désespoir ne suffisent à expliquer, je sors de mon bunker comme un diablotin de sa boîte, et m'approche du bord du trottoir, attendant le pied ferme et la main moite, les signes avant-coureurs de l'armée allemande en déroute sur le boulevard qui conduit à Saint-Georges-de-Didonne, patrie de Colette Besson, championne olympique du 400 mètres à Mexico en 68. J'étais bien jeune, alors, mais je me souviens des cris de joie dans la petite maison des basses amarres. Passons...

J'ai juste le temps d'allumer une huitième gauloise, la dernière, pour le plaisir de tricher. Je suis à nouveau d'un calme que m'envieraient sinon les dieux de l'Olympe, du moins ceux du stade d'honneur. Et quand la lumière blanche m'éclabousse, je me mets avec un naturel qui me déconcerte moi-même dans la position de l'auto-stoppeur cherchant, pouce en l'air, à rendre – momentanément – une auto immobile.

Pour s'immobiliser, elle s'immobilise ! Cette nuit sera décidément bénie – pour les siècles des siècles – par tous les fabricants de pneus et de plaquettes de frein, « vulcanisateurs », « ferrodoseurs » et autres essentiels de l'accessoire.

Une vitre descend électriquement.

La tête d'un jeune type apparaît à l'avant, à la « place du mort ». L'homme se retourne pour ouvrir la porte arrière. Sylvie est au volant.

— Monte !

C'est bref, précis, et ça ne souffre pas la moindre objection. J'ai l'impression d'avoir déjà vécu cette scène... dans une autre vie. J'obéis donc. Je m'installe derrière le type. Il empeste l'eau de Cologne, mais je savais que je prenais des risques en montant dans une bagnole pareille ! On démarre. Au carrefour de la Poste, Sylvie prend le Front de mer qu'elle remonte jusqu'à mon immeuble. Là, elle prononce son deuxième discours de la soirée ; ça devient une habitude, les longues tirades :

— Descends !

Je m'apprête à obtempérer sans plus discutailler, quand la voix de mon oratrice préférée vibre de nouveau sous les voûtes sombres du confortable habitacle teuton qui s'entrouvre sur l'humidité de cette fin de nuit, laquelle, je commence à m'en rendre compte, se ferait volontiers matinale.

— Je reviens.

Tu fais comme tu le sens, ma poule ! Et je vais te le signifier de la plus éloquente façon. Ma réponse, conforme à la circonstance, alliera dans un grandissime élan, concision et pragmatisme. Lourde de sens occultes, elle sera néanmoins conciliante :

— Bon...

Ayant dit ce que j'avais sur le cœur, je descends sur le trottoir. Elle démarre. Je suppose qu'elle ramène le type chez lui. C'est quoi ce type, d'abord ? C'est qui ? De quelle sordide boîte de Pandore, a-t-elle sorti ce costaud en costard et gourmette d'argent, parfumé au « sent-bon », et qui n'a pas esquissé l'ombre d'une grimace ou d'un sourire de tout le voyage ? Un sauvage qui n'a même pas articulé un seul borborygme, ni bonjour, ni bonsoir, ni merde... Ma parole, le mec, y s'prend pour Bruce Willis ou quoi ? Et ma p'tite chérie, il la saute ou pas ? Je vais poser la question (la dernière, c'est la plus importante) à l'Irlandais, il est de bon conseil, en général, monsieur Jameson...

*

Levi's blanchi sous le harnois, chemise d'homme, blouson de cuir, traits tirés encadrés de cheveux blonds, regard dur, elle en impose. C'est bien simple, dans le studio, elle prend toute la place ! À tel point que mon pote Jameson et moi-même nous faisons tout petits. Nous nous tenons cois. Quoi ? Coi, lui dans son verre sans glace, moi sur la pointe de mes fesses et sur mon canapé plus râpé que le fromage que j'aime verser en abondance sur les nouilles, quand j'ai eu la flemme d'aller faire les courses. On se contente de la regarder sans moufter. On n'ose pas ! Moi, surtout, parce que l'Irlandais, on ne sait jamais ce qui trotte dans sa p'tite tête rousse.

Elle retire son blouson et le jette à côté de moi, sur le canapé à tout faire qui, fort heureusement, n'en est pas à sa première humiliation. Elle a un truc en cuir, genre accessoire sado-maso, qui enveloppe son omoplate gauche et s'attache sous ses petits seins. Et dans le truc en cuir, on aperçoit un machin noir et métallique qui dépasse. Sans desserrer les dents, elle retire son harnachement et le pose sur la table maculée d'auréoles de vin rouge, et envahie des reliefs odorants de mon modeste repas du soir. Si j'avais su... j'aurais passé un coup d'éponge ! Quoique... ma James Blonde girl semble ne prêter aucun cas aux détails ménagers ; elle n'est pas *« pignote »*, comme on dit finement dans l'établissement (un salon de thé !) le plus justement réputé de mon village natal, *« la Boun' tarte »* (rue du Port, à gauche en descendant, juste après l'église, la boulangerie Pierre et Anick, la poterie... vous ne pouvez pas vous tromper, *« o l'é point écartab' »*).

Voilà, ma blonde est en chemise de cow-boy, maintenant, à mille lieues de la « shampouineuse » de nos débuts ; elle choisit avec un calme affecté, la chaise paillée la moins défoncée, la tire à elle, la pose en prenant mille précautions inutiles, face au canapé, l'enfourche, et s'accoude au dossier en plantant ses grands yeux dans les miens. J'avais tort, innocemment plongé dans ma verte Érin si chère aux mots croisés de *Sud Ouest*, de me prendre pour un... homme tranquille.

Curieusement, mon apparent désarroi la détend soudain, l'amuse peut-être, la désarçonne en tout cas. Un sourire presque compatissant s'affirme progressivement sur ses lèvres artificiellement pincées dont je connais l'extrême gourmandise et la remarquable technicité.

Le sourire devient plus avenant, avec juste une pointe d'ironie mal dissimulée. Du coup, c'est d'une voix naturellement calme, très posée, très basse, que Sylvie me fournit le joyeux programme de la représentation à venir :

— Il faut que nous parlions, Marc.

Quand on veut communiquer, on peut se parler, en effet. C'est une possibilité que l'on néglige trop souvent.

— Je ne te demande pas ce que tu faisais là-bas...

Moi non plus, je ne te le demande pas, ma puce, mais si tu me le disais, je t'en serais reconnaissant.

— D'ailleurs je suppose que tu l'ignores toi-même.

Absolument, je suis un débile mental qui erre, solitaire, par les nuits pluvieuses et sans lune, sur les trottoirs luisants du boulevard Frédéric Garnier pour compter les bagnoles et allumer une gauloise dès qu'il en passe une. C'est plus fort que moi, monsieur le juge, je ne peux ni m'en passer ni m'arrêter, c'est comme une drogue à forte accoutumance, je suis complètement accro... Et quand passent les cigognes... pardon, les bagnoles allemandes, alors là, c'est encore pire, vous n'imaginez pas ma jouissance, mon bonheur. Vous voyez, monsieur le juge, messieurs les jurés, je ne suis pas responsable des actes terribles qui me sont reprochés ; je suis donc fondé à vous supplier de m'accorder les circonstances atténuantes.

— Marc, tu ne m'écoutes pas.

— Si, je t'écoute au contraire, avec la plus grande attention. Tu veux un verre ? Ça te fera du bien...

— Je reconnais que je suis un peu crevée. Va pour

un verre...

Elle soupire, je la sens lasse, au bord de l'effondrement. Je l'aime, c'est sûr. Je sors un verre, le pose sur la table... juste à côté de l'affreux machin noir qui me dévisage sans vergogne, du fond de sa capote en cuir. Il faudrait que je le pousse un peu, cet objet encombrant, mais je n'y arrive pas. Elle m'intimide cette saloperie métallique et froide destinée à donner la mort. Et je me demande comment une petite nana comme Sylvie peut porter sous son aisselle épilée, près de son sein doux et fragile, une chose (une arme !) qui semble si lourde. Si menaçante. Brutale ! Cruelle ! Fatale ! Sait-elle au moins s'en servir ? L'a-t-elle déjà utilisée ?

— Tu regardes mon flingue ?

— Ouais...

— Je vais t'expliquer...

6
Je vais t'expliquer...

On a toujours besoin d'explications. C'est ce que l'on croit. Bien évidemment on se trompe et on est généralement déçu quand elles arrivent à l'improviste. Peut-être parce que ce besoin d'explications, s'il paraissait urgent, n'était finalement pas vital ; c'était juste une attitude forgée par la routine, un rôle aux répliques convenues, une pose, une clause de style...

Un passage obligé, néanmoins.

J'en suis là de mes réflexions entamées devant mon bol de café noir, et poursuivies sans relâche au volant de ma vieille 205 rouge dont le pot d'échappement manifeste lui aussi une forte volonté de changement. Un chapelet de considérations moroses sur le point de se clôturer en « bouillon d'moules » et en cet instant précis, puisque je viens, comme chaque matin, d'actionner la sonnette en cuivre qui annonce mon arrivée à la bienheureuse et bien-pensante famille Librard. Je plaisante... C'est dur, de se débarrasser des vieilles habitudes.

De l'autre côté du jardinet, la porte tardant à s'ouvrir, je profite du sursis accordé par l'humaine providence, pour m'enfoncer plus avant dans l'étude de mon nouvel état. À bien y regarder, j'étais plus heureux avant (chanson connue), quand je me posais des questions sur le rôle tenu par Sylvie, quand j'ignorais la vérité sur monsieur Librard et ses mystérieuses « connaissances ». Je pouvais alors fantasmer tout à mon aise, échafauder les hypothèses les plus folles, et les confronter à l'expérience ; c'était un jeu. C'était idiot, mais « c'était le bon temps » comme disent ceux qui ont vécu d'épouvantables périodes de vraie souffrance : école, pensionnat, examen, première communion, armée, deuil, guerre, mariage, divorce, ruine, procès, prison, abandon, défaite, travail, licenciement...

Au fond, ma douleur n'avait pas besoin des exhortations baudelairiennes pour être « sage » et se montrer « plus tranquille »... Elle était superficielle. Surtout comparée à celle qui m'attend ! Car maintenant, je sais tout. Et la connaissance précédant l'action dans les théories philosophiques les plus répandues... les suites possibles, voire probables, m'inquiètent quelque peu. Certes, je vais pouvoir cesser de me « prendre la tête » à coup de questions aussi ridicules que futiles. En toute logique, je devrais donc éprouver sinon de la fierté, du moins une certaine satisfaction d'avoir pu accéder ainsi – le hasard faisant décidément bien les choses – à une vérité qui se dérobait, de m'être enfin libéré de mes vaines angoisses. D'accord, je devrais... mais un détail me chiffonne encore...

Un détail vraiment ? Un détail fondamental alors : la sensation frustrante de n'être plus responsable du scénario, d'en avoir été dépossédé par les acteurs pourtant peu glorieux, du grand spectacle réel en Technicolor, relief et son Dolby stéréo, si différent de mon mesquin et prétentieux théâtre de l'utopie nombriliste. Désormais, ce sont les autres qui m'imposeront leur vision des faits, puisque c'est la réalité qui a écrit (et qui continue d'écrire), sans moi, ma propre histoire. Et ça, pour un écrivain – public ou pas – c'est carrément insupportable ! D'autant que le synopsis est succinct, et l'intrigue pas si fameuse que cela ! Un peu mince l'argument ! À mon avis... humble et confraternel.

Deuxième coup de sonnette. Pourvu qu'il ne lui soit rien arrivé de fâcheux, à mon petit protégé ! C'est que... faudrait pas croire... j'ai des responsabilités, moi. Et je m'intéresse à mes nouvelles attributions ; je tiens à m'en montrer digne. Ah ! *Les mots,* écrirait « Jean-Sol Partre », le copain de ce pauvre Boris qui aimait le jazz et détestait son pape. Ce mot, précisément : digne ! En voilà un qui me sied à merveille. Ouais, un digne dindon, car même si je ne me souviens plus à quelle ritournelle ringarde j'emprunte la formule dissonante, je la trouve particulièrement accordée à mon cas. Cocu, pas content, et maintenant dindon. Il ne reste plus qu'à me fourrer de marrons et pour Noël, on pourra me faire cuire !

Dindon, admettons... mais pour la farce, il faudra repasser. Parce que, je n'en doute pas une seconde, la suite des événements sera forcément dramatique. Les gags qui me feront tordre de rire seront plus rares que les orages, dans les temps qui viennent, car la « vraie vie » a généralement peu de talent pour la comédie. Elle fait rarement dans le burlesque ! Tout juste est-elle capable – parfois – de relever la tragédie quotidienne avec une pointe d'humour. Dans le meilleur des cas...

Quoi qu'il en soit, il me regarde avec un drôle d'air, monsieur Librard. Un air de mort en sursis ! Depuis combien de temps observe-t-il en silence son prétendu biographe qui s'essuie les pieds sur le paillasson avec une insistance et une application suspectes, cet étranger perdu dans ses pensées morbides, mais jouissant secrètement de ce qu'il suppose être ses délicieux – car derniers – instants de tranquillité ? De bonheur ? Faut pas charrier !

Si je me retourne – mais je n'ai même pas besoin de me retourner, tant le décor m'est familier – je peux voir la pointe du Verdon, de l'autre côté de l'estuaire... le phare de Cordouan, merveille architecturale, destination obligée du « promènecouillons » estival... la cathédrale, imposant vaisseau de béton dominant la ville de sa grand-voile déployée... et la plage, immense et magnifique sous le soleil revenu aussi vite qu'il s'était enfui. Moi aussi j'ai envie de m'enfuir. De partir n'importe où, me tirer, me casser, me fondre dans le paysage... Loin. Très loin. Sur la mer, en surfant sur les crêtes des vagues éclatées, tout au bout de ce monde qui n'en finit pas de sombrer dans ses propres déjections. Trop tard ! Ce sera pour une autre fois...

— Bonjour, Marc.

— Bonjour, M. Librard. Excusez-moi... Je...

— Vous rêviez encore... Et vous admiriez le paysage, Marc ? Vous avez raison d'en profiter, la vue est magnifique d'ici ! Surtout le matin, sous ce soleil pâle. J'aime beaucoup cette ambiance. Et cette ville.

— C'est très beau, mais c'est mauvais signe quand on voit aussi nettement de l'autre côté.

— Vous êtes superstitieux, jeune homme ?

— Pas vraiment... Je veux juste dire que l'humidité en suspension dans l'air « fait loupe ». On aura de la pluie avant ce soir...

— Hé dites-moi, vous m'aviez caché vos talents de météorologue. Avec vous, pas besoin de grenouille !

Pauvre monsieur Librard, que peut-il savoir des grenouilles, lui qui ne connaît que celles de bénitier ? Si j'avais le temps ou la certitude de ne pas l'ennuyer, je lui raconterais mon enfance passée à tremper un pompon rouge dans l'eau verdâtre, après le Bois-du-Breuil, dans le marais de Saint-Augustin. Il y en avait des grenouilles alors ; elles tenaient d'impressionnants rassemblements pour y donner de bruyants et peu mélodieux concerts. Elles n'avaient pas encore été dévastées par l'agriculture productiviste, les pesticides, le fric... C'était, il y a quelques années seulement, quand les paysans respectaient encore la terre nourricière. Une époque si proche... et si lointaine.

Je pourrais aussi justifier mes qualités de météorologue distingué en évoquant ces grandes vacances passées à « galoper les chenaux » avec d'autres chenapans dans mon genre, à enfiler des coquilles (plutôt que des perles) pour capter le « naissain » des huîtres, à guetter le vol langoureux des mouettes sur la jetée, à pêcher les « pibales » dans les « ruissons », à quémander une petite place à bord des « chalands » partant pour les parcs ostréicoles, les jours de « maline », sur les bancs de Trompe-Sot ou de Lamouroux. Je suis un fils de la côte, un flibustier de la Seudre. Alors, la météo, ça me connaît ! Je suis un peu comme ce « plus vieux du pays » , si cher au vénéré Pierre Dac.

— Vous savez, monsieur Librard, je peux me tromper...

— Vous êtes trop modeste, mon petit Marc.

Là, il se goure ! Modeste moi ? Non, poli. Et

encore ! La façon cavalière et pour tout dire, fort grossière, dont je m'autorise à dévisager mon hôte, ne répond certainement pas aux canons de la bienséance tels que peut les définir un code de bonne conduite en société. Mon regard est trop appuyé, trop aiguisé, mon insistance trop visible, mon attente trop manifeste. Il finit par s'en apercevoir.

— Vous me gênez, Marc. Ne restons pas là... Entrez vite.

Il est souriant, ce bon monsieur Librard. Désormais, je l'appellerai respectueusement « monsieur Librard », plutôt que « Librard », « ce vieux con de Librard », ou « ce facho de Librard »... Incroyable comme il a changé ; il force le respect, l'ancien ! Ou alors... c'est le regard que je porte sur lui qui a changé. Quand je pense que je n'avais même pas remarqué cette frêle constitution, cette silhouette fragile, comme évanescente, ce regard gris-bleu très clair, cette fine moustache... désuète, ce sourire timide. Je m'étais laissé abuser par les vêtements, les manières, le langage, le style, le pognon trop ostensible... Par l'enveloppe et ses attributs. Et voilà qu'à l'intérieur de cette coquille vivait, tel un bernard-l'ermite sur les rochers du Puits de l'Auture à Saint-Palais, un être humain.

Nous traversons le hall, la salle à manger, le couloir. Nous entrons dans le petit salon oriental. Au passage, j'ai tout observé comme si je violais, pour la première fois, l'intimité de la « famille » Librard :

les meubles, les tapis, les bibelots... Tout est neuf, sans âme, installé là depuis peu de temps, pour une durée limitée, prêt à être déménagé en catastrophe. Dans cet intérieur cossu, on ne sent pas le poids des ans. On devrait... Non, ici, on se croirait plutôt dans un musée, une salle des pas perdus, ou plutôt... un décor de théâtre. « Les décors sont de Roger Hart et les costumes de Donald Caldwell », dans une mise en scène (soignée) de Sylvie Defloque assistée par son équipe de musclés. Oui, c'est cela, un décor. Tout est artifice ! Pas de poussière dans les rideaux, nulle odeur d'encaustique sur le parquet trop brillant, aucune vie animale, végétale ou parasitaire.

Monsieur Librard évolue dans une glaciale apparence bourgeoise créée de toutes pièces par ceux qui le cachent, le tiennent prisonnier – dans des conditions néanmoins confortables – pour mieux le protéger. À ce qu'il paraît...

Dire que Valérie-Anne – qui a peu de chances de se prénommer Valérie-Anne – n'est même pas sa femme ! C'est pourtant un authentique cordon-bleu... qui porte en permanence un flingue sous sa robe chicos. Cuisinière, mais aussi tireuse d'élite ! Décidément, les copains de ma Sylvie jolie n'ont pas commis – en dehors de ma fort modeste personne – la moindre erreur de *casting*. Chapeau, les gars ! Vous aurez de l'avancement si vous réussissez à sauver la vie de ce petit homme frêle et timide. Vous recevrez même une médaille à titre posthume si – par chance – vous parvenez à vous faire descendre pour la bonne cause. Le sous-préfet, n'en doutez pas, dira des mots émouvants sur votre tombe fleurie par vos collègues et arrosée par les pleurs de votre veuve. Ou de votre veuf. Moi, en l'occurrence...

— Vous me paraissez fatigué, mon petit Marc. Je crois qu'un bon café vous remettrait d'aplomb.

Il sort du décor, monsieur Librard, et le rideau tombe sur ce héros crépusculaire que je prenais pour un salaud, ce « héros au sourire si doux » que j'ai, moi aussi, dans un élan assez filial, je crois, très envie de protéger. J'en ai aussi l'obligation. Sylvie ne m'a laissé aucune alternative sur ce point précis.

Profitant de ma solitude toute momentanée, je laisse mon regard errer librement dans tous les coins et recoins du salon dont l'orientalisme m'apparaît à son tour, très surfait. N'empêche, l'accessoiriste a dû ramer pour dégotter ce narguilé !

*

— Je crois que nous devrions avoir une petite conversation, Marc... ce serait plus convenable. Tenez, un peu de sucre ?

Oui, c'est mieux, « plus convenable » (dans le sens où ça devrait convenir) pour faire passer l'amère pilule. Décidément, depuis quelques heures, tout le monde éprouve le besoin de parler avec moi ! Je suis devenu l'ami fidèle, le confident, le confesseur, un genre de Jean-Claude Brialy auprès des stars. En plus fruste. Néanmoins, quelle éclatante promotion ! Mais pourquoi moi ? Suis-je vraiment digne de cet insigne honneur ? Ou de cette indignité ? Non, je crois plus prosaïquement que je dois avoir une tête qui inspire confiance, une bonne tête, comme on dit... C'est cela, une bonne tête. « Une tête de sot », affirme le villageois de base quand il évoque son voisin pratiquant son footing hebdomadaire et matinal, « raide comme une saillie » , dans son survêtement fluo. Oui, j'ai bien la tête d'un pauvre gars qui, faute de s'appeler Armand, est tombé par le plus grand des hasards sur une affaire qui le dépasse complètement, la bouille d'un idiot à qui on peut confier des secrets terribles dans le but mal dissimulé d'en partager – sans risque – le poids. Un pauvre couillon à qui on n'avait rien dit jusqu'à maintenant, l'estimant sans doute trop... couillon, justement.

On nous cache tout, on nous dit rien.

T'as bien raison, mon Jacques, il y a quelque chose de pourri au royaume de l'information !

— Sylvie vous a tout expliqué, je crois...

Non, Xavier, vous ne le croyez pas, vous en êtes sûr, puisqu'elle vous a téléphoné tout à l'heure. Vous raccrochiez juste quand j'ai sonné à votre huis clos, et c'est pour cette raison que vous avez tant tardé à tirer la chevillette pour faire choir la bobinette. Je me trompe ? Non, évidemment, je commence à comprendre que désormais je dois vivre avec l'hypocrisie comme compagne. C'est comme votre formulation, très cher monsieur Librard... « Tout expliqué ». N'exagérons rien, Sylvie a simplement avoué ce qu'elle ne pouvait plus cacher. Service minimum, rien de plus !

— Il faut bien admettre, mon petit Marc, que ces révélations modifient le sens de notre relation. Personnellement, je n'étais guère favorable à l'idée de vous utiliser à votre insu.

C'est bien ce que je pensais, on m'a pris pour un con ! Et si je ne m'abuse, cher docteur, on continue allègrement, comme on disait dans l'éducation nationale aux temps bénis de la contestation. Mais bon... j'étais rémunéré. *A priori*, je pense l'être encore. À vérifier, toutefois...

— Vous devez savoir, Marc, à quel point j'apprécie votre... collaboration. Pardonnez-moi, je ne trouve pas d'autre mot pour décrire notre relation.

Il semble sincèrement gêné, le père Xavier. C'est quelqu'un de bien, je crois, et je ne lui en veux vraiment pas. Dans sa situation, il n'avait pas le choix, c'est sûr. D'autant que je l'entends d'ici, la môme Sylvie avec sa petite voix douce et persuasive : « *Vous comprenez, monsieur Librard, c'est la meilleure solution. Tant que vous ne serez pas seul, vos... ennemis n'oseront pas... intervenir. Et puis, cela vous occupera, vous vous ennuierez moins ; vous verrez, c'est un garçon charmant, très sociable et assez amusant... En plus vous ferez une bonne action, le malheureux ne roule pas sur l'or, vous savez* ». Sous-entendu : « *Pendant ce temps, mes collègues et moi-même pourrons relâcher notre surveillance et prendre quelques heures d'un repos bien mérité après une nuit passée sur la brèche* ». D'accord, je déforme les propos de Sylvie, je les interprète... D'accord...

— Je ne sais pas comment vous demander ça, maintenant que vous savez tout, mon petit Marc... En fait, j'aimerais bien, si vous n'y voyez pas d'inconvénient, que nous poursuivions notre... œuvre.

Notre Œuvre ! Le mot est fort, en vérité ! Mais pourquoi continuer à me raconter des bobards que, de toute façon, je suis bien trop feignant pour écrire ?

— Je sais, Marc, vous n'êtes pas forcé de faire confiance à un homme qui s'est permis d'abuser de votre crédulité ? Si je ne craignais de vous blesser, je dirais même... de votre naïveté. Mais vous devez savoir que je n'ai pas menti lorsque je vous ai raconté ma vie, une partie de ma vie, le début... L'Algérie et tout le reste, malheureusement, c'était vrai. C'est vrai ! Je n'ai rien inventé.

— Puisque les flics m'ont avoué leur vérité, puisque vous me confessez la vôtre, ce dont je vous remercie, monsieur Librard... en contrepartie, je vous dois bien la mienne. Apprenez donc que je n'ai pas encore écrit un seul mot de votre biographie. J'ai manqué de courage sans doute, mais plus certainement de motivation. Pour être franc, je ne trouvais pas votre histoire passionnante...

— Je le comprends parfaitement. Et surtout, vous me considériez comme un abominable fasciste, raciste, terroriste, tortionnaire... que sais-je encore ? Vous ne vous trompiez pas, j'ai malheureusement (je me répète) été tout cela. Mais peut-être accepterez-vous de considérer, à la lumière des informations récentes dont vous avez pu bénéficier, qu'un homme, au cours de sa vie, peut évoluer ?

— Votre exemple le prouve.

— Je ne vous le fais pas dire. Aussi, je pense que vous aimeriez connaître le long cheminement qui nous a conduits à la situation actuelle.

— Je reconnais que vous éveillez ma curiosité.

— Et de la curiosité à l'écriture, il n'y a qu'un pas.

— La curiosité me semble, en effet, un bon aiguillon.

— De plus, mon petit Marc, votre œuvre pourrait un jour s'avérer... fort utile.

— Utile ?

— Utile, oui. En cas de malheur...

7
En cas de malheur...

Pourquoi la peur devient-elle plus forte, plus présente, plus palpable quand arrive la nuit ? J'ai passé toute la journée à ressasser ce mot prononcé par monsieur Librard, « malheur », et c'est seulement maintenant, après un dîner frugal et solitaire, que je commence à m'inquiéter. Je n'ai peut-être pas picolé suffisamment... Voilà qui peut s'arranger. Mais je ferais mieux de conserver toute ma lucidité, je pourrais en avoir besoin.

Revenons à monsieur Librard : il n'avait pas le moral, ce matin, mon « patron ». Mais franchement, ce n'était pas la peine d'ameuter tout un pan du septième art pour me faire comprendre qu'il savait parfaitement à quel point ses jours étaient en danger. Voilà au moins une donnée que mon *Personal Computer*, activé par les soins diligents de Sylvie, avait parfaitement intégré... Je m'étais donc autorisé une remarque se voulant rassurante et frappée au coin du bon sens le plus basique. Sans savoir que je m'exposais... avec une certaine imprudence :

— Ne dramatisez pas, monsieur Librard, vous êtes protégé.

— Je sais... j'ai de bons anges gardiens. Mais... comment vous le dire, Marc ? Quand j'évoquais un possible malheur, je ne pensais pas seulement à ma modeste personne, mais aussi à tous les gens qui gravitent autour de moi et que j'ai fini par apprécier : Sylvie, Valérie... Je veux dire, Valérie-Anne, et... vous, mon cher Marc.

Moi ? En danger ? Mais... Voilà qui changeait toutes les données du problème ! Parce que... jusqu'à cet instant... n'étant pas égoïste pour deux sous, j'avais surtout pensé aux autres. Les autres ? Valérie-Anne un peu, monsieur Librard beaucoup, Sylvie passionnément. À la folie ! Le danger auquel ils pouvaient – à tout moment – être confrontés, ne m'avait donc pas échappé. J'en tremblais déjà pour ces êtres fragiles que, de manière très différente, j'avais appris à aimer. Quant aux collègues de Sylvie, je ne m'en préoccupais pas, estimant qu'il s'agissait là des risques inhérents à leur profession. Dès que Sylvie m'avait révélé la vérité, j'avais donc pris conscience du danger. Pour mes amis. Mais pas pour moi, grands dieux ! Jamais l'idée selon laquelle mes relations avec monsieur Librard pourraient mettre ma vie (ma pauvre vie) en péril, ne m'avait effleuré.

C'était ce matin...

À midi, Sylvie avait enfoncé le clou :

— Maintenant, « ils » savent que tu marches avec nous. Grégoire (c'est le collègue qui était avec moi, hier soir) Grégoire donc, les a vus rôder en bas de chez toi... Je suis vraiment désolée de t'avoir foutu dans ce merdier, je te jure. Les choses n'ont pas tourné comme nous le souhaitions. En plus, ça complique notre boulot... on a maintenant deux personnes à surveiller.

— Excuse-moi, j'aurais dû savoir qu'il m'était interdit de sortir !

— Ne sois pas agressif, Marc, je t'en prie... Je culpabilise assez comme ça. Allez, oublions nos ennuis...

Elle a su – ce n'était pas une surprise – me faire oublier les tueurs rôdant sur le Front de mer, monsieur Librard attendant la mort dans son musée, Grégoire au volant de sa bagnole guettant le moindre mouvement pour intervenir pistolet au poing... Pendant ce temps, on faisait l'amour. Marrant comme je n'emploie plus aussi facilement le verbe « baiser » pour qualifier mes relations sexuelles avec Sylvie... Quoi qu'il en soit, c'était bien. C'était même « mieux que bien » ! Peut-être à cause du sentiment qui intervenait sur la nature des caresses, en raison justement de la conscience du danger, de la proximité d'une échéance, mais quelle échéance ? Ou alors... parce que j'avais moins bu que d'habitude (pas plus de deux apéros). Il faut que je sois perturbé pour délaisser l'Irlandais à ce point. Je parierais qu'il est jaloux, l'rouquin !

Tiens, je vais tout de même m'en offrir un, en espérant qu'il fera retomber cette érection provoquée par la simple évocation de nos ébats de midi. Faut dire, sans craindre la redondance, que c'était vraiment extra ! Surtout la fin... Elle avait joui assez rapidement et du coup, elle s'était rabattue sur le travail manuel et la... linguistique. Avec une technicité incomparable, avec douceur, avec amour. Lentement. Si lentement, jusqu'à l'explosion, le débordement. C'est pas possible ! Qu'est-ce qui m'arrive avec cette gonzesse ?

Pas terrible, l'Irlandais pour la débandade ! Mais je connais une méthode bien meilleure, en dehors évidemment de celle bien connue et trop sous-estimée que je pratiquais encore régulièrement, il n'y a pas si longtemps. Il suffit que je me souvienne de la suite des événements. Voyons voir... Sylvie s'est rhabillée à la hâte, encore un peu dans les vapes de l'amour... Couché sur le dos, terrassé par la jouissance, je ne bougeais pas. Elle s'est penchée sur moi, a souri, m'a gratifié d'un délicat baiser mouillé, s'est écartée un peu, m'a regardé droit dans les yeux, et, son nez à moins de trois centimètres du mien, d'un ton vraiment trop réglementaire pour être dépourvu d'émotion, elle s'est exprimée :

— Je peux te laisser une arme, si tu veux. Tu saurais t'en servir ? Ce n'est pas très régulier, mais...

— Mais, ton job non plus, n'est pas très régulier. Vous n'êtes pas des flics... officiels, je suppose.

— Nous sommes un... corps... spécial.

— Un corps ! je te remercie, j'avais remarqué. Un corps dont j'apprécie les formes et certaines pratiques fort agréables, mais un corps tout de même.... avec une mission... et avec des méthodes... très spéciales. Et pas toujours régulières.

— Pas toujours...

— Bravo pour le respect de la démocratie !

— La démocratie se défend parfois avec des moyens peu... démocratiques. Tu ferais mieux d'accepter une arme.

— Pas question !

J'ai sans doute eu tort de refuser, de prendre sa généreuse proposition du haut de mes certitudes déontologiques. Mais, je dois dire qu'elle m'avait un peu agacé avec son cours d'éducation incivique. Le genre de connerie que je ne supporte pas ! Bon, c'est comme ça, je suis seul maintenant, comme un con, désarmé, agneau destiné au sacrifice dans la nuit qui s'avance, menaçante... On ne va pas faire le réveillon là-dessus ! Pour ce qu'elle est utile, ma vie...

Voilà bien le mystère : on croit ne pas y tenir (je parle de la vie) mais au moment de la perdre, on ferait n'importe quoi pour la sauver. Merde, je ne vais tout de même pas offrir ma gorge tendre et frémissante, au poignard du bourreau, sans me défendre, sans hurler ma vérité à sa face criminelle, sans lui balancer un grand coup de pied dans les couilles, à ce fumier ! En attendant cette heure fatidique, je vais monter le chauffage, on gèle dans ce studio ! C'est vrai, je frissonne... Quand la température sera devenue supportable, je me servirai un doigt de raide dans un grand verre et je me remettrai au travail.

Je répète et je crois que ça en vaut le coup : je me remettrai au travail. Absolument, au travail !

Après le départ de Sylvie, je me suis en effet assis devant mon traitement de texte (ça m'a fait drôle !) et j'ai commencé (enfin !) la bio de monsieur Librard. Mes doigts couraient sur le clavier comme jamais... J'en ai noirci quatre pages... Un peu comme si je pratiquais l'écriture automatique chère aux surréalistes. Conscient néanmoins d'être nettement plus Saintongeais que Breton ! À moins que je ne fusse poussé à la fuite insensée dans le vertige littéraire par les derniers mots de ma mie :

— Sois prudent, mon chéri.

J'aurais pourtant bien fait un saut chez Fred. Je me demande où il en est avec son éditeur, ses lecteurs, la célébrité tant espérée. J'aimerais surtout lui montrer que ma vie aussi, est devenue passionnante, que la recherche de la notoriété qui le motive tant, ne peut apporter le quart de l'émotion que je ressens aujourd'hui, avec cette folle aventure, avec ce danger qui rôde la nuit, sur les trottoirs du Front de mer, et que j'attends. Il y a pourtant quelque chose de très injuste, dans ma situation : j'ai choisi ce moment pour me mettre à écrire (et plutôt pas mal, me semble-t-il), comme si le goût de la vie me revenait avec la certitude de la mort. Décidément, je n'irai pas voir Fred. Pas encore...

*

J'étais en pyjama, les yeux rougis par les heures passées devant l'écran, sur le point de me coucher, quand ils ont fait irruption dans le studio. Deux types en costard croisé à rayures. À peine démodés, les mecs ! Et pour le sourire, ils avaient loupé la distribution... Quelles sales gueules ! Le plus petit, du bout de sa mitraillette, m'a indiqué mes fringues jonchant le canapé finalement moins défraîchi que son propriétaire. J'ai compris que je devais m'habiller. Pas un mot ! Je me suis demandé s'ils n'étaient pas muets... ou étrangers, aussi allemands que leur bagnole. J'ai enfilé mon jean, une chemise, un pull, ma parka... Du même geste expressif, le minus m'a montré la porte que le baraqué venait d'ouvrir. On a descendu les escaliers bras dessus, bras dessous, et on s'est retrouvés sur le trottoir, près de leur grosse Mercedes. La Gestapo ne se prive de rien, en cette fin de millénaire !

Comble du luxe, il y avait même un chauffeur, un gonze habillé comme le reste de la bande, avec en prime un chapeau, genre panama, insuffisant pour cacher complètement de longs cheveux noirs tombant sur des épaules plus carrées que la fortune de Joseph. Un larbin raide comme un piquet de vigne, au volant de sa chiotte teutonne. Le petit est monté le premier à l'arrière ; je l'ai suivi, poussé sans grand ménagement par l'arme du grand dans les côtes ; il n'a pas tardé à me rejoindre. Le mec au galure de complaisance en a profité pour « lâcher les chiens » en « appuyant sur le champignon ». On a démarré sur les « chapeaux de roue », comme dans les films noirs avec Humphrey Bogart. Mais pas de Lauren Bacall sur le quai largué ! La route pour *Le grand sommeil* était ouverte. Roulez, roulez, petits bolides...

Coincé entre mes deux cerbères, sur le siège en cuir, je ne bronchais pas. Le petit – qui me plaisait encore moins que le grand – m'avait bandé les yeux dès la sortie de ville, mais je savais intuitivement qu'on avait pris la route de Bordeaux. On avait roulé longtemps sur une ligne droite (ce devait être la route de Cozes...) mais ensuite, les virages s'étaient succédé à un rythme effréné. J'étais paumé ! ce qui ne m'empêchait pas de me réconforter tant bien que mal, avec des pensées du genre : « S'ils avaient l'intention de te flinguer, ils ne t'auraient pas bandé les yeux ».

Logique ! De là, j'en déduisais qu'ils cherchaient juste à m'intimider avec leur cinéma rétro…

La suite allait me prouver que leurs intentions étaient nettement plus belliqueuses.

Quand la voiture s'est immobilisée, ils m'ont

débandé les yeux. J'ai immédiatement reconnu les lieux. Je connaissais trop le site archéologique du Moulin du Fâ – la cité portuaire romaine de Novioregum – pour risquer de me méprendre. J'y avais suffisamment traîné mes Pataugas derrière Martine... Je n'ai jamais su pourquoi, elle s'était réveillée un beau matin avec cette passion dévorante pour ces fouilles... Elle avait des lubies, comme ça. Et je la suivais... Martine ! Si tu me voyais, ma grande, tu n'en reviendrais pas. C'est sûrement pas ton toubib à la noix qui participerait à la protection rapprochée d'un « repenti » et qui se ferait enlever, en pleine nuit d'hiver, par une bande de maffieux plus patibulaires que ceux dirigés par le regretté Al Capone ! Toi qui réclamais des émotions fortes, tu as joué le mauvais cheval, tu peux me croire... Ici, c'est autre chose que dans les partouzes de carabins bordelais ! Je suis sûr que tu reviendrais, si tu savais.

Tu ne peux pas savoir, ma pauvre Martine, et moi non plus je ne sais rien. D'abord, je ne sais vraiment pas pourquoi je pense à toi plutôt qu'à la femme que j'aime et qui serait, de surcroît, la seule en mesure de me sauver la vie, en cet instant dramatique. Je sais encore moins ce que ces trois salopards attendent de moi... Ils n'ont toujours pas prononcé un seul mot. Moi non plus, au demeurant...

Les phares de la Mercedes éclaboussent maintenant les pierres sur lesquelles mon ombre, immobile, semble disproportionnée, immense, grotesque.

Sur l'écran noir de mes nuits blanches...

Je ne me souviens plus la suite, mais ça parlait de cinéma. Les trois autres spectateurs sont debout, quelques rangs derrière ; je leur tourne le dos, bien sage, tel qu'ils m'ont installé ; j'ai tout le temps de relever un certain nombre de détails complètement inutiles en pareille circonstance... J'ai aussi le loisir de comparer mon cas à celui de K. Joseph K ! À quelques nuances près, toutefois : entre l'arrestation et la prévisible exécution, je n'aurai pas souffert des étapes intermédiaires. Pas de juge d'instruction, pas d'avocats, pas de procureur, pas de procès... Pas de littérature, donc ! Je suis la première victime de la justice globalisée. Quel honneur ! Car désormais, qu'on se le dise, la société fait dans le rationnel, dans l'efficacité, la rentabilité, la productivité... On ne s'embarrasse plus d'alibis, de prétextes et de faux-semblants. On est modernes, que diable !

Et soudain, ce claquement dans la nuit froide, cette explosion dans mon ventre avec cette teinture rouge projetée contre la pierre assoiffée qui boit, qui boit, qui boit... Les trois types sont des artistes, ils ont l'ambition de réaliser une œuvre grandiose, de chair et de sang. De ma chair ! De mon sang ! Les coups claquent maintenant à un rythme soutenu, et le tableau prend forme. Progressivement, le rouge envahit tout, et la pierre assouvie dégouline doucement, prend vie... Prends Ma vie, bordel ! Je tombe à genoux et mes vomissements viennent parfaire la sanglante toile. Dire que bientôt, je ne pourrai même plus la contempler ! Moi, qui aurai donné mon sang pour elle.

Les coups claquent encore quand je me décide à réagir. Putain, je ne vais pas me laisser massacrer ici comme un innocent dans les couloirs de la mort, au Texas ! Sans Sylvie ! Sans le regard de Martine ! Sans avoir fini la bio de monsieur Librard ! Sans avoir eu le temps de réaliser mon œuvre la plus parfaite ! C'est trop injuste, cette vie qui s'écoule de mon corps par saccades régulières, juste quand je commençais à lui trouver quelques vertus. Non, c'est décidé, je ne quitterai pas ce monde par une porte aussi étroite, je veux encore manger, boire, baiser... flâner sur la plage quand le soleil descend derrière la cathédrale de béton, discuter avec Fred, regretter Martine et ses lubies, aimer Sylvie, son corps, sa voix, sa folie, son âme... Écrire ! Écrire n'importe quoi, n'importe quand, n'importe où, pour n'importe qui... Écrire ! Aimer ! Vivre, quoi ! Alors je ne vais pas crever ici, dans ce décor de péplum des années cinquante, avec ces trois charlots habillés comme l'as de pique. Non, je ne vais pas crever, je vais me réveiller. Putain, oui ! je vais me réveiller !

— Au secours ! Au secours ! Réveille-toi, enfoiré ! Réveille-toi, bordel de merde ! Réveille-toi ! Réveille-toi ! Réveille-toi ! Maintenant !

*

Le corps obéit – en général – quand on lui commande avec suffisamment d'énergie et de volonté. Le mien ne faisant pas exception à la règle commune, je finis par me retrouver baignant dans ma sueur froide (vertigo, dans la langue d'Alfred), à poil (tout nu, dirait ma mère), entortillé dans mon drap trempé comme dans un linceul. Un suaire, donc ! Je grelotte ; Je claque des dents ; j'ai vraiment piètre allure. Et la seule question qui parvient à émerger de mon niveau d'inconscience peut sembler décalée, farfelue, même si sa pertinence contribue à parachever mon réveil : pourquoi étais-je affublé, au début de mon cauchemar, de cet horrible pyjama ? Je n'en porte jamais.

J'ai soif.

La peur donnerait-elle soif ? On lit des trucs dans ce genre, chez certains auteurs – Stephen King et ses clones – dont raffolent les adolescents provisoirement vierges et gravement boutonneux. Le héros, accroché d'une main à moitié déchirée, à la roche friable d'une falaise de trois cents mètres de hauteur surplombant une mer en furie, voit soudain se raréfier la salive dans laquelle trempaient ses belles incisives blanches avant cet instant pathétique. Ce qui, forcément, n'arrange rien ! Se trouver en danger de mort, passe... mais avoir de surcroît les dents qui cessent de baigner pendant que le gosier reste désespérément aussi sec qu'un « coup d'trique », voilà qui permet d'approcher ce que doit être sinon l'enfer, du moins le purgatoire. On croit alors avoir touché le fond. Erreur !

Au bout de quatre à six semaines (bis)
Les vivres vin – vin – vinrent à manquer (bis)
Ohé, ohé !

Vide, la bouteille d'Irlandais. Pour une cata, c'est une cata ! Et c'est bien la première fois que je me laisse ainsi démunir en carburant... Avec la longue distance que je dois encore couvrir cette nuit, je risque la panne, c'est sûr ! Il faut croire que je suis un peu moins malade, tout juste « souffrant », puisque j'ai oublié – au mépris de toute prudence – d'acheter mon médicament, ma drogue. Pourtant, sur l'ordonnance, le bon docteur Pochetron, n'avait pas oublié d'apposer son traditionnel « à renouveler ».

Ohé, ohé, matelot
Matelot navigue sur les flots.

Va pour la flotte ! Le frigo s'avérant aussi vide que la bouteille d'Irlandais, je me sers un grand verre d'eau du robinet. De l'eau ferrugineuse, comme il se doit... Je bois enfin. Je me désaltère.

Un agneau se désaltérait
Dans le courant d'une onde pure.

Non, c'est trop important, je dois adapter la description à mon cas personnel, extraire de cette scène capitale, la substantifique moelle. Allez, il ne sera pas dit que le chlore et le calcaire auront le dernier mot ! Encore une gorgée (une pour papa, une pour maman, une pour Sylvie, une pour monsieur

Librard, une pour les assassins, une pour Hank...) et je me lance. J'écris :

JE BOIS UN VERRE D'EAU.

C'est joli, comme ça, écrit tout seul, dans un style qui ne doit sa sobriété qu'à celle de son auteur, sur une grande feuille de papier blanc dépucelée pour la circonstance avec tous les égards dus à une jeune (ou même une vieille) fille. Et ça fait du bien. Oh ! oui, ça fait du bien ! Je vais en remettre une louche, la dernière, pour la route :

JE BOIS UN VERRE D'EAU.

8
JE BOIS UN VERRE D'EAU.

Jusqu'à la lie. L'hallali ! Pas étonnant puisque je suis aux abois et que la curée approche. Il m'apparaît de plus en plus clairement que je ne suis pas et que je ne serai jamais dans le camp des chasseurs, mais enrôlé d'office dans *Le parti des petits lapins* fondé par le redoutable Henri Tachan. Je connais la chanson...

Et de toute façon, il faut bien se faire une raison, assumer sinon sa vocation, du moins son destin. Alors, la fuite ? On sait comment elle finit en général (comme les histoires d'amour, nous rappellent les Rita). La mansuétude toujours possible du viandard repentant ? Autant parier sur l'altruisme de sa compagnie d'assurances ! La maladresse du tireur ou son mépris pour une cible vraiment trop... méprisable ? Peut-être... mais douteux. Et risqué ! Les secours diligents de la Loi majuscule représentée par une blonde superbe et délurée, déguisée le temps d'une ouverture, en garde-chasse d'opérette ? Ben voyons, Zorro ! Mais le temps qu'il arrive, « avec son ch'val et son grand chapeau ».

Hé ! Hé ! quand on parle du loup...

— Il te reste un peu de caoua ? J'ai pas fermé l'œil de la nuit.

— Je ne l'ai pas vraiment fermé non plus...

Elle prend un bol (par chance, j'en ai), saisit la cafetière et s'installe en face de moi. Elle n'a pas dit bonjour, pas même esquissé un geste tendre. Je m'apprête à en faire l'acerbe remarque, mais elle ne m'en laisse pas le temps.

— Tu as peur ?

Non mais des fois ! Avoir les foies, moi ? Elle me prend pour qui, pour quoi ? Pour une lavette ? Hé, faudrait pas croire mignonne, pas se fier aux apparences, le mec à qui tu t'adresses, ce gars qui prend son petit déjeuner sans slip, avec juste un vieux tee-shirt constellé de taches incertaines et jaunasses, ouais, ce soi-disant raté, ce « cave » comme on dit dans les polars franchouillards en noir et blanc que la télé rediffuse à longueur de mornes nuits d'été, hé bien, apprends ma cocotte en sucre, que ce paroissien-là, c'en est un drôle. À la Mocky ! Un dur ! Il a lu jusqu'au bout, presque d'une traite (ah ! la fameuse traite des pages blanches) sans défaillir et sans trop gerber, l'œuvre considérable, visionnaire et mystique du divin marquis, précurseur insuffisamment reconnu de la Révolution française et de la pornographie moderne. Un homme de bien !

— Remarque, Marc...

Elle s'arrête, troublée, se demandant manifestement si l'incollable Christian Moussard qualifierait son involontaire bégaiement d'homonymie ou de paronymie. Ce qui, on doit l'admettre, ne remettrait pas en cause l'ordre du monde ! C'est drôle, elle a – je le sens bien – plus envie de se jeter par la fenêtre que de s'amuser... pourtant elle éclate de rire. Sans plus de retenue que de motif valable ! Peut-être pour tenter, à sa manière, de dédramatiser la situation en se foutant (gentiment) de ma gueule. Elle n'a pas tort ! Il faut bien que je me rende utile... d'une manière ou d'une autre.

— Excuse-moi, chéri, les nerfs... sans doute... Je voulais juste dire que... je comprends tes craintes, Marc, les gars d'en face ne sont ni des enfants de chœur ni des personnages romanesques. Ils ne font pas dans la dentelle.

Juste dans l'arsenic. Je sais, mais pour l'instant, j'aimerais juste apprendre ce qui me vaut l'honneur d'une visite aussi matinale qu'inhabituelle. Démarche policière ? amoureuse ? sexuelle ? ou les trois à la fois ? Je vais poser ma question...

Ce serait bien que je la pose, ce serait le moment, elle ne dit plus rien, elle boit son café par petites gorgées de chaton, gourmandes et appliquées. Je l'observe. Je n'en finis pas de l'observer. C'est vrai, elle est encore plus belle, plus désirable avec ces traits tirés, ce maquillage qui fout l'camp, ces yeux cernés... Manifestement, elle n'en peut plus, elle en a marre, elle est au bout du rouleau, complètement crevée, lessivée, sur le point de jeter l'éponge. Du coup, je change de question :

— Il est arrivé quelque chose ?

— Si on veut... la routine, les aléas du métier. On stationnait devant la villa de notre protégé depuis minuit environ ; la fatigue commençait à se faire sentir. Il y a tout juste deux heures, quand on ne les attendait plus... ils sont arrivés. Quatre dans la Mercedes que tu connais. J'ai tardé à réaliser ce qui allait arriver, négligence fatale. Ils sont passés lentement près de nous, très lentement... et ils ont ouvert le feu. Les fumiers ! J'aurais dû... Enfin, voilà... Grégoire était du mauvais côté... il a tout pris et m'a sauvé la vie. Trois bastos dans la poitrine. Pauvre gosse ! Même pas titulaire...

— Il est...

— Oui. Je n'ai pourtant pas perdu de temps, j'ai tout de suite foncé, en brûlant tous les feux rouges, mais quand je suis arrivée aux urgences, c'était trop tard.

— Merde, ça va faire du bruit dans la presse locale.

Voilà bien mon éducation ! Je m'inquiète plus du qu'en-dira-t-on que de la mort d'un jeune homme innocent. « Que vont dire les voisins », paniquait ma mère à la moindre bêtise. C'est que... dans les ruelles tortueuses de Mornac, les nouvelles se faufilent vite et enflent comme marée d'équinoxe. Ce n'est pas pour rien que le cœur du village a été baptisé « quartier arabe ». Il y a le téléphone ! Ce qui ne semble pas causer de friture sur la ligne des flics :

— Ne t'inquiète pas pour la presse, elle a d'autres chats écrasés à fouetter. En fait, il n'y aura dans les journaux qu'une petite note en bas de page locale, avec une photo de la bagnole.

— On verra des impacts de balles ?

— Tu parles ! On verra un tas de ferraille, en bas des falaises, sur la corniche qui conduit à Pontaillac, entre la plage du Chay et celle du Pigeonnier... Un banal accident de la route... excès de vitesse, taux d'alcoolémie, perte de contrôle, constat, permis d'inhumer... La routine, je te dis. Qu'importe. Nous faisons tout de même un drôle de métier.

La biscotte « confiturée » craque sous mes dents d'une manière sinistre, et mon café a un goût curieux. Fade ! Sylvie termine le sien, pourtant, sans tordre le nez. Au bout d'une minute qui me semble atrocement longue, je me décide à rompre le silence :

— Ça ne va pas ?

— C'est rien, juste un sacré coup de blues... Je dois appeler la mère de Grégoire, et... je n'en ai pas vraiment le courage. Tu devrais m'offrir un verre de ton Irlandais préféré.

— C'est que... la bouteille est vide...

— Tu as bien autre chose de fort ?

Je fais « non » de la tête ; elle me regarde, incrédule. Allez, je me lance, je mange le morceau, je bénéficierai peut-être d'une remise de peine :

— J'ai décidé de ne plus boire.

Elle ne répond pas immédiatement, ne commente même pas le *scoop* du siècle, se bornant à fixer ma silhouette au loin, si loin de l'autre côté de la table, sérieux comme un évêque intégriste vitupérant la contraception. Elle se penche pour prendre son sac, en sort un paquet de clopes, et en allume une. Après la première bouffée, Sylvie semble mieux respirer.

— Je ne t'en offre pas. Je suppose que tu ne fumes plus...

La décision n'était pas prise, maintenant, elle l'est ! D'ailleurs... pour être franc, l'envie qui me vient, qui s'impose, qui m'obsède, qui gonfle, qui enfle si dangereusement, et que mon tee-shirt sale ne dissimule que fort incomplètement, cette envie-là ne doit rien à l'herbe de monsieur Nicot. Mais c'est une envie très déplacée... en pareil moment, du moins. Si déplacée que je n'ose même pas la formuler. Ce qui au demeurant serait superflu, Sylvie ayant perçu et correctement analysé ma soudaine, irrépressible et turgescente émotion.

— L'alcool, la clope... mais apparemment, tu n'as pas tout arrêté !

Apparemment ! Et comme on ne peut éternellement se fier aux apparences, je me lève pour bien lui montrer qu'en effet, mes récentes résolutions ne concernent en aucune manière, l'usage que je compte faire de ma virilité, le plus tôt possible. Pour une érection, c'est une belle érection. Et puisque je frappe à la porte, Sylvie s'empresse d'ouvrir et m'invite à entrer :

— Une petite gâterie matutinale ?

Je me fais d'autant moins prier que je connais sa maîtrise en la matière. Sans plus attendre, je contourne donc la table qui sépare (encore) nos corps, et présente à ma future bienfaitrice, mon arrogante « mâlitude ». Elle s'en saisit, la serre presque brutalement, tandis que sa langue, avec une infinie délicatesse, entreprend une délicieuse titillation, que ses lèvres s'arrondissent lentement pour un tendre emprisonnement, et que je m'enfonce, m'enfonce... dans le plaisir, dans la félicité, dans l'oubli. Le temps n'existe plus. JE n'existe plus. Je disparais sous des monceaux de volupté arrachés à la grisaille, à la connerie, à la peur, à la laideur de la vie. Plus rien ne compte que le contact de ces muqueuses complices, que ce petit poisson rouge qui glisse en douceur, va et vient – de plus en plus frénétiquement – dans son bocal d'amour, cette corne d'abondance gorgée de tous les bonheurs terrestres qui, bientôt, vont se déverser pour inonder le monde de leurs incomparables merveilles, avec ce goût du partage qui est le signe – le seul – de la générosité vraie.

Après, quand le paroxysme est atteint, que progressivement, la conscience émerge du sublime néant, après seulement, on s'embrasse comme des fous, à pleine bouche, à perdre haleine, à salive, sueur et liqueur partagées, en caressant affectueusement le visage ruisselant de l'autre. J'ai envie de dire merci, mais ce serait vraiment trop con ! Enfin, c'est ce que j'imagine... connement. Alors, je reste classique :

— C'était bon ! Tu peux pas savoir !

Ou quelque chose dans ce genre... Et juste après, même si ça n'a strictement rien à voir :

— Je t'aime.

— Je t'aime aussi.

*

Elle a pris une douche, s'est allongée sur le canapé, s'est endormie presque tout de suite. Assis sur ma chaise qui mériterait un rempaillage sérieux, je la regarde, apaisée dans son sommeil. Je la veille ; je la couve de mes yeux humides et enamourés ; Je dois faire un peu « nunuche »... Elle m'a demandé de la réveiller à dix heures pour qu'elle puisse passer son pénible coup de fil. Je serai donc en retard chez monsieur Librard. Pas grave, son cordon-bleu de sécurité le protège plus efficacement que moi !

Elle est superbe, ma Sylvie, royale sur ce velours défraîchi, diamant pur dans son indigne écrin. Elle dort comme un nourrisson. *My baby !*

Après cette phase hébétée, je me décide à me

préparer pour vivre cette nouvelle journée. Une journée forcément extraordinaire puisqu'elle commence avec Sylvie. Je me rase, je mets le tee-shirt au sale, je me douche, je me brosse consciencieusement les dents, je m'habille. Le tout avec une rapidité, un plaisir, un entrain que j'avais perdus depuis longtemps. Même chose pour ce goût retrouvé dans la bouche que n'encombre plus cette langue pâteuse...

« Te v'là beau coum' in sou neu, mon fi », s'extasiait la vieille voisine vêtue de noir quand elle me voyait sortir de la petite maison de la rue des Basses Amarres, le dimanche matin. Beau ? Faudrait voir... Mais frais, dispos, prêt à croquer la vie comme jamais ! J'ose à peine l'écrire : heureux. Putain, c'est vrai, je me sens bien, ce matin, tellement... vivant après cette nuit mortelle. Je regarde ma montre toutes les trois secondes. Vivement dix heures !

Sylvie s'est débarrassée pour dormir, du harnachement qui contient son arme de service. La « chose » immonde pendouille à côté de son blouson, au clou faisant office d'austère patère, à gauche de la porte. Je m'en approche et caresse du bout des doigts, le cuir souple, seconde peau de celle que j'aime. J'ignore pourquoi je me conduis ainsi ; mes gestes me semblent s'imposer d'eux-mêmes ; ils sont naturels. Et ma main glisse sans effort et sans honte, vers la poche droite du blouson. Elle contient trois douilles vides. « Tu as certainement oublié quelques épisodes dans ton rapport sur les événements de cette nuit, ma chérie ».

Encore une heure. Le besoin d'écrire me tombe dessus par surprise, violent, impératif, exclusif. Impossible de lui résister ! Je m'installe devant l'ordinateur et comme par miracle, mes doigts se mettent à courir sur le clavier. À courir ? À galoper ! À sauter ! À virevolter ! À voler ! Ils se passent complètement de moi, mes petits doigts magiques, indépendants, n'obéissant à rien d'autre qu'à leur bonheur de pianoter pour voir s'inscrire des mots sur l'écran. Des phrases, des paragraphes, des pages bientôt. Je me contente de regarder ces infatigables travailleurs, comme s'ils appartenaient à un autre, un étranger sympathique et beaucoup plus doué que moi pour l'écriture. Je leur fais confiance. Je délègue.

Clic « Outils », clic « statistiques » : 4 pages, 13 paragraphes, 96 lignes, 1136 mots, 5464 caractères.

— Je t'avais demandé de me réveiller à dix heures.

Pas le moindre reproche dans la voix encore ensommeillée, pas même un regret. Non, une constatation, on est plus près de onze heures que de dix !

— Désolé, je n'ai pas vu le temps passer. J'écrivais...

— C'est bien.

— Je ne sais pas si c'est bien ou mal... mais je n'aurais pas pu faire autrement. Alors...

— Tu écrivais quoi ?

— Je racontais les événements de cette nuit. Après tout, ils constituent un chapitre de la biographie pour laquelle on m'emploie.

— C'est parfait si tu rédiges mon rapport.

— Je reconnais que je me suis inspiré de ta... déposition, mais je me suis permis – c'est le privilège du romancier – de l'agrémenter d'une suite et de commentaires à ma façon. J'ai ajouté quelques détails, deux ou trois éléments intéressants. Trois, pour être précis, trois douilles qui avaient curieusement échappé à ton éléphantesque mémoire.

— Génial ! Tu me fais les poches maintenant !

Ses joues se sont parées d'une coloration rouge du plus bel effet. Colère ou confusion ? Les deux, mon adjudant ! Et pour tout dire, je suis également confus, pas très à l'aise dans ce rôle d'inquisiteur domestique que les circonstances m'attribuent si généreusement. Je n'ai pas d'autre alternative que la vérité :

— Je te jure que ce n'était pas... volontaire. C'était un peu comme si une force invisible me poussait. D'ailleurs, tu n'as pas à me fournir la moindre explication. Je sais que ton métier implique certains...

— Te fatigue pas ! Cette nuit, j'ai vu mourir un collègue que je ne connaissais pas bien, mais dont je commençais à apprécier les qualités de discrétion, de rigueur, de courage...

— Laisse à tes chefs, bien à l'abri dans leurs bureaux, derrière leurs grilles et leur bonne conscience, le soin de rédiger l'éloge funèbre !

— Tu parles, mes chefs ! Ils ne pensent qu'à « écraser » l'affaire. Alors, pour l'éloge funèbre... celui de Grégoire, celui de monsieur Librard, celui de Valérie, le mien, le tien... On repassera !

Décidément, Hank a tout dit... et mieux que quiconque :

Les salopards qui vous incitent au sacrifice du haut de leurs tréteaux se déroberont le plus loin possible quand la fusillade commencera.

J'avais noté cette phrase sur le cahier qui me sert à relever mes notes de lecture. Il faudra que je l'encadre, cette citation. C'est vrai, je viens d'abandonner la bouteille, mais pas question de laisser tomber un arsouille qui a écrit de telles vérités !

— Cette nuit, je crois aussi... avoir tué un homme. Et je ne sais pas, de ces deux meurtres, lequel m'est le plus odieux.

— Tu as...

— Qu'est-ce que tu crois, Marc ? Je n'allais pas me laisser flinguer aussi. Évidemment, j'ai... J'ai riposté.

9
J'ai riposté.

Tu as riposté,
Elle a riposté,
Nous avons, vous avez, ils ont... riposté.

J'ai beau conjuguer mes efforts, composer en l'assaisonnant selon mon humeur, la salade avariée d'un passé pas si simple, j'en reviens toujours à la singulière troisième personne qui se transforme – au mépris de toute cohérence grammaticale – en première. Plus-que-première (comme on dirait plus-que-parfait) parce que désormais la seule. L'unique objet de mon...

Ressentiment... ça reste à prouver ! Les faits, mon petit Marc, rien que les faits. Reprenons : « Elle a riposté ». Bien... Conséquence : elle a tué un mec. La femme que j'aime (je le confirme, je persiste et signe) a tué un mec.

Rectification votre honneur : la femme que j'aime pense avoir tué un mec. Elle le craint... ce qui ne prouve pas grand-chose en l'occurrence. Certes, tout inculpé doit être présumé innocent. Néanmoins, même en m'efforçant de m'en tenir à ce raisonnement juridique, la fréquentation d'une possible criminelle constitue pour mes convictions non-violentes, une expérience nouvelle, une « donnée » qui s'accorde difficilement avec ma vision du monde et ma conception des rapports humains qui devraient, me semble-t-il, le régir, ce foutu monde.

Voilà une réalité que je dois intégrer très vite et avec laquelle je vais devoir vivre, maintenant. Alors, très involontairement, je ne regarde plus ma blonde comme avant. Elle a... peut-être... de ses fines et blanches mains, délivré la mort. Le sentiment que j'éprouve est si confus ! Il se nourrit de dégoût et de fascination, de sourde peur et de folle attirance, d'opprobre et de respect, de refus catégorique et d'acceptation sans réserve. D'amour. Quelle autre explication ?

*

Cette balade sur la plage était nécessaire, vitale ; j'avais besoin de faire le point, d'errer seul, à l'aventure, dans ce labyrinthe de pensées chaotiques. C'est donc avec un plaisir certain, que je retrouve le sable fin s'insinuant cavalièrement dans mes chaussures trop basses, le vent léger, le soleil presque printanier de décembre, la pointe de

Grave un peu floue, de l'autre côté de l'estuaire, avec des contours que la brume estompe juste assez pour entretenir l'espoir d'une période de beau temps. Cette année, les Royannais ont toutes les chances de passer « Noël au balcon », et d'échapper, le vingt-sept au soir, à un ouragan semblable à celui qui, l'an dernier, a transformé la ville en champ de ruines. Une catastrophe parfois comparée, sur l'instant, avec ce que Royan avait subi en 1945. On a toujours tendance à exagérer les effets du présent, à oublier le passé, à sous-estimer les vertus régénératrices du futur... Quelques mois plus tard, les blessures les plus évidentes, les plus spectaculaires, les plus béantes, s'étaient en effet refermées, ne restant visibles que des seuls initiés. On cicatrise vite dans le coin ! L'expérience, sans doute...

Et le temps, ce grand destructeur inéluctable des corps mais parfois aussi, réparateur des âmes en panne, pilote attentionné des émotions en cavale, le temps relativise les douleurs présentes comme le vent (au même titre que la mer) « efface sur le sable... » aussi bien l'empreinte de mes pas que celles « ...des amants désunis ».

Pour l'instant, il n'est pas assez fort, le vent, pour soulever le sable de la conche, mais il sait que son heure viendra, qu'il lui suffira de forcir un peu. Elle sonnera forcément son heure de gloire. L'heure de tout effacement. L'heure de l'oubli. Celle du départ en catimini. Ou celle – plus terrible encore – des adieux dans le petit matin blême... Celle de la solitude retrouvée. Celle du néant !

Ainsi, une existence – au moins – a été jetée cette nuit dans la fosse commune de l'amnésie collective. Je ne me souviens déjà plus du visage de ce jeune homme ; je ne savais rien de lui ; je ne risque pas d'en apprendre plus maintenant... Ses collègues y penseront quelques jours, ses copains quelques semaines, sa petite amie quelques mois, sa maman quelques années... Après, elle ira le rejoindre pour se faire oublier à son tour. Tout est « vach'ment » bien réglé dans le processus vital et « la pendule d'argent qui ronronne au salon » tourne à plein régime. Tranquille, elle nous attend.

Et l'autre, le tueur, à supposer que Sylvie ne l'ait pas raté, le maffieux, le salaud, le fumier, l'ordure, l'infâme... pareil pour lui, même crime, même punition, kif-kif bourricot ! Rayé des cadres, parti sans laisser d'adresse, porté disparu, aux abonnés absents, inconnu au bataillon, oublié, volatilisé, désintégré, nié... Je crois entendre Bernard Blier distiller du Michel Audiard : « J'ai l'geste vengeur et l'bras séculier. » Quel acteur ! quels beaux dialogues ! et quel film épatant !

Mais reprenons le nôtre : monsieur Librard a refait ses valises pour intégrer un autre lieu de villégiature. Valérie et quelques sbires musclés ont dû l'aider à déménager vitesse grand V... puis, ils l'ont embarqué. Pas pour Cythère, j'en mettrais la main d'ma sœur plus facilement au feu que dans la culotte du zouave qui attend, imperturbable, la montée de la Seine au pont de l'Alma ! Au moins est-il vivant, monsieur Librard ! Provisoirement vivant. Perpétuel mort en sursis pour être plus explicite... Comme nous tous, en définitive !

J'ignore où ils le cachent maintenant, leur repenti. Je ne le saurai jamais. J'avais bien suggéré La Bourboule, ce qui à mon sens, était une assez bonne idée... mais Sylvie m'a répondu que la décision n'était pas de son ressort. Encore moins du mien ! Elle s'est contentée d'ajouter que ses chefs avaient, de longue date, cherché une planque plus sûre que celle de Royan. Ils venaient juste de trouver la cachette idéale, celle que les hommes à la Mercedes ne trouveraient jamais. La préparation, les démarches, la prise de décision, l'affectation budgétaire... avaient nécessité quelques jours, un peu plus que prévu. Un peu trop ! Normalement, le transfert était pour le vingt-deux (les flics sont superstitieux !) mais la fusillade d'hier soir a précipité la manœuvre. À quelques jours près, Grégoire serait encore en vie... quelque part en France. Ou ailleurs...

Grégoire ! Son enterrement aura lieu après-demain, dans le cimetière Monperrier. Bienvenue dans notre belle et douce région, cher concitoyen ! Tout a été organisé très vite... les professionnels de la mort sont diligents et discrets, dans ces cas-là. J'assisterai à la cérémonie parce que Sylvie y assistera. C'est donc en ce lieu austère qu'elle me fera ses adieux... touchants, je n'en doute pas. Elle me conseillera judicieusement de comprendre la situation... Je la comprendrai. Qu'est-ce qu'une fille comme elle ferait en effet à Royan, maintenant que le motif de sa venue est parti sans laisser d'adresse ? Les chefs de Sylvie ont plus d'influence – et c'est bien normal – qu'un pauvre écrivain, public ou pas. Ils vont envoyer Sylvie retrouver monsieur Librard. À moins qu'ils ne décident de l'expédier vers une autre mission, à la recherche d'une autre mort violente ! Je n'ai pas encore osé aborder le sujet.

*

Après le déjeuner (une grosse boîte de raviolis, un reste de camembert Vieux Porche et un verre de Fronsac), nous avons fait l'amour. Peut-être pour la dernière fois... C'était bien quoiqu'un peu trop solennel. C'est toujours bien avec elle, même quand c'est trop solennel ! Pourtant... je la sentais plus absente qu'à l'accoutumée, moins à son plaisir et au mien, comme si elle sacrifiait à un rite, honorait une obligation. Agréable, mais... obligatoire ! Un rite expiatoire pour tenter, sans grand succès, de rejeter au fond des oubliettes de sa mémoire, le pénible coup de fil à la maman de son collègue, les explications embarrassées, les mensonges, les sanglots dans la voix, les détails pratiques – beaucoup trop pratiques – pour les formalités indispensables, les mots maladroits – forcément maladroits – pour tenter de consoler.

Mais comment consoler l'inconsolable ?

Après... je me suis autorisé à lui faire remarquer, sur un ton neutre, exempt du moindre reproche, son manque de... motivation. Je n'aurais pas dû lui dire ça. Même pas avec des gants ! C'était idiot, je le sais bien, mais... comment lui cacher plus longtemps mes craintes (ma frayeur !) que son comportement de tout à l'heure, fait de distance, de résignation muette et de froideur, ne devienne la règle désormais. Sans que je l'exprime vraiment, elle a tout compris, tout disséqué, tout analysé. Elle a esquissé un pauvre sourire, réfléchi quelques instants tout en mettant son blouson.

— Tu vas me trouver pédante, Marc, mais je sais que tu aimes les citations. J'ai jeté un coup d'œil dans ton cahier... Souviens-toi. Dans ses lettres de jeunesse, Saint-Exupéry écrit à une fille : « C'est peut-être parce que je vous invente que je tiens tant à vous. »

Je n'ai pas eu le temps de lui signaler qu'elle n'était pas la première à utiliser cette phrase ambiguë. Qu'importe ! la connaissance de Didier Van Cauwelaert n'aurait pas entamé sa décision d'aller vaquer à ses occupations administratives et funèbres.

C'était il y a moins d'un quart d'heure. Et je suis sur cette plage ensoleillée, « coquillages et crustacés », en pleine « explication de texte ». Pas commode, car il faudrait d'abord savoir qui « invente » l'autre. C'est Sylvie qui invente Marc ou c'est Marc qui invente Sylvie ? J'aurais tendance (c'est bien naturel) à opter pour la deuxième proposition... Mais la première ne me semble pas forcément dénuée de tout fondement non plus. Alors, les deux ? Allez savoir... On s'est sans doute fait du cinéma, l'un et l'autre... l'un à l'autre ; on a créé des représentations mentales de ce que pourrait être le partenaire ; on a imaginé l'amour idéal... Idéalisé ! Ce sentiment inconnu et familier qui hantait déjà nos rêves de gosses ; on a fantasmé... On s'est fait du mal.

Au fond, la première partie de la phrase de Saint-Ex n'est certainement pas la plus importante et ne doit surtout pas occulter sa consolante suite : « que je tiens tant à vous ». Synonymes proposés par monsieur Microsoft : si, tellement. « Je tiens si tellement tant à vous », voilà ce qu'aurait pu écrire un auteur véritablement inspiré par la passion exclusive. Mais Saint-Exupéry... Un humaniste ! Un moraliste bourré de contradictions, un éternel sujet de baccalauréat... et mondain de surcroît !

Passons et poursuivons l'analyse : « Je » ! Mais qui est donc ce trop personnel « Je » ? Toi ou moi ?

Et ce trop distant « à vous », pour conclure ! Mais « vous », ne serait-ce pas moi ?

*

Retour au studio. Vite. Écrire. Mettre toute cette confusion au clair. Tout de suite. Maintenant. Dans l'urgence, l'enthousiasme et la spontanéité. Olé ! Jusqu'à la nuit tombante et même après... Jusqu'au retour de Sylvie, en fait. Pour rien d'autre que le bonheur de l'attendre.

Le bonheur de l'attente. Sa douceur mêlée de mille frayeurs délicieuses comme autant d'épreuves aisément franchies. Quelle redécouverte formidable ! Cela faisait si longtemps que je n'attendais plus personne. Et que personne ne m'attendait plus !

Le sable du temps fuit entre mes doigts qui pianotent inlassablement, se crispant peu à peu, devenant presque douloureux sur le clavier. Je ne compte plus les caractères – j'ai dépassé ce stade – mais les pages défilent néanmoins sur l'écran, comme les heures, les jours, les années... Je pisse de la copie comme une source inépuisable... Et le studio s'assombrit. Bientôt, l'écran sur lequel échoue mon regard et s'abîme mon âme, brillera, solitaire dans la ville obscure, tel Cordouan au milieu des flots. Alors, semblable à l'insecte affolé des chaudes soirées d'été saintongeaises, je m'agiterai devant cette hypnotique et ultime source lumineuse jusqu'à y brûler mes ailes. Avec zèle, et sans elle, je brûlerai mes frêles z'ailes ! De géant ? De nain, plutôt ! « Le vrai courage, en littérature, a des allures de suicide. » avoue Djian par roman et personnage interposés.

Mais je déconne ! Je ferais mieux d'admettre que

je n'ai pas encore pris conscience de la chance qui s'offre à moi !

Une chance considérable, pourtant. Quand on veut écrire, mieux vaut avoir quelque chose à raconter, non ? Dans mon cas, pas de problème – du moins en apparence – le sujet semble m'avoir été livré sur un plateau d'argent finement ciselé : monsieur Librard, sa vie, son œuvre. Mais attention, il ne s'agissait que d'un brouillon de synopsis jeté comme bouteille à la mer transportant vers l'inconnu, son incroyable message codé. Rien qu'une piste (maritime ou non) parmi d'autres. Une piste, certes balisée par plus de mirages que de bouées salvatrices, une voie incertaine s'arrêtant brutalement au milieu du désert océanique, dans les courants, les tourbillons et les bancs de sable émouvants du réel. Pas de boussole, pas de carte, pas le moindre point de repère, pas l'ombre d'un souffle, pas plus de carburant que d'amis à l'horizon délavé, de l'eau douce et des vivres pour moins de trois jours... Et les fidèles troupes irlandaises qui choisissent cet instant dramatique pour passer à l'ennemi. Misère ! Où va le monde si les Irlandais se mettent à trahir leurs meilleurs amis ?

L'important, c'est que j'avance. À la rame, sans doute... À la godille, dirait le Mornaçon ! En coupant brutalement le fil d'un scénario trop convenu, les tueurs – grâces leur soient rendues – m'ont évité l'assoupissement dans l'île-oasis mal fréquentée de la paresse objective, de la triste et forcément fausse vérité historique. Me voilà donc obligé d'imaginer la suite. Poussé à la créativité. Une chance, pour sûr ! « Une opportunité ! » clameraient les cons heureux – en quête de stock-options et de reconnaissance factice – qui infestent les entreprises et les conduisent au désastre social. Ici comme ailleurs...

— Salut, Marc.

— Salut…

Elle a retrouvé ses couleurs, ma Sylvie. L'air marin lui serait-il bénéfique ?

— Je te retrouve tel que je t'avais quitté, assis bien sagement devant ton écran. On pourrait croire que tu n'as pas bougé.

— Je n'ai pas bougé, je n'ai pas bu, je n'ai pas pissé... Je ne sais même pas si j'ai respiré. Je t'attendais. J'écrivais.

Elle a un gracieux hochement de tête qui pourrait signifier : « Hé ben, mon coco, tu prends ton temps avant de te mettre au boulot, mais quand tu t'y colles, c'est pas pour rigoler ! ». Elle vient s'installer derrière moi et me passe gentiment la main dans les cheveux. Une menotte qui devrait, en toute logique, descendre rapidement le long de mon dos, amorcer un virage et se retrouver sur ma braguette frémissante. Mais ses doigts s'attardent dans mes cheveux, et si elle se penche, c'est pour me déposer un chaste baiser dans le cou. De mon côté, la... « logique » n'est pas plus respectée, le frémissement tant attendu n'apparaît point, l'oiseau reste bien tranquille dans sa cage capitonnée. Voilà qui ne nous ressemble guère !

Une pensée commune ou plutôt une certaine communauté de pensée. Une pensée parasite en tout cas. Embarrassante. Envahissante. « Frigidisante ». Émolliente. Castratrice. Chiante. Et menaçant de se faire récurrente pour finalement devenir une infranchissable barrière entre nous, un obstacle à toute communication, à tout rapport, à toute manifestation amoureuse si personne n'ose l'aborder de front. J'enfile donc sans plus tarder mon gilet pare-balles (celui de sauvetage eût été plus judicieux) et je me jette à l'eau. Allô ?

— Tu vas partir ?

— Je ne sais pas... Je dois recevoir de nouvelles instructions après l'enterrement.

— Le brave petit soldat ! Comme il obéit bien ! Et comme il a raison d'abandonner un lieu où plus rien ne le retient.

Je dis des conneries, parfois. C'est plus fort que moi... ce doit être dans les gènes...

— Tu dis vraiment des conneries, mon pauvre Marc !

Moi, j'avais oublié le « vraiment » et ajouté un « parfois ». Je note donc – sans acrimonie exagérée – une différence sensible dans l'énoncé du postulat. De simples nuances que j'explique avec le simplisme qui caractérise mon esprit tordu, par deux conceptions quelque peu éloignées en matière d'objectivité.

— Parfois...

Même si c'est concédé à retardement, à mi-voix, comme à regret, je préfère entendre ça que de m'assourdir dans la sempiternelle masturbation de l'intellect ou de ce qu'il en reste. D'ailleurs, je n'aurais pas dit mieux. Pas vraiment...

— Je vais tenter de t'expliquer la situation, Marc. C'est un peu compliqué... Je ne suis pas complètement libre...

Je le sais bien que tu n'es pas libre, ma chérie. Tu serais bien la seule ! Dans une société aussi organisée, aussi policée que la nôtre, les hommes – et les femmes plus encore – sont pris au piège élastique, mais indestructible d'une gigantesque *arantèle* tissée jour après jour par l'histoire, la culture, la famille, l'école, l'armée, la religion, l'entreprise, la maison de retraite... et puis, les habitudes, les coutumes, les convenances, les règles de toute nature... Des freins, des chicanes, des barrières, des obstacles... Tout un système possessif et répressif mis en place par des victimes consentantes. Refrain trop connu. Pas la peine d'épiloguer !

10
Pas la peine d'épiloguer !

Pourquoi échapperions-nous donc à cette éternelle et commune réclusion ? Parce que durant quelques brefs éclats de lucidité ou de bonheur, nous aurions su – ou cru – nous affranchir des redoutables miradors et des clôtures électrifiées qui délimitent notre territoire concédé, viabilisé, borné, sécurisé, autorisé ? Comme ce serait simple, facile. Commode. Trop commode ! S'il suffisait de tirer un ou deux coups pour s'évader, d'autres avant nous, seraient sortis de cette geôle par la grande porte depuis belle lurette, et jamais les infatigables troupes du conformisme imbécile ne les auraient rattrapés. Mais... s'il suffisait d'aimer ?

Aimer à perdre la raison,
Aimer à ne savoir que dire...

Que dire en effet ? Que dire de plus ? Que dire d'autre ? Se taire ? Accepter son sort ? Sans contester ? Sans se battre ? Mais à quoi bon se battre, quand on sait le combat perdu d'avance ?

Je ne me suis pas battu ; je n'ai même pas protesté. Elle non plus ! Ils étaient trop forts, ceux d'en face, les autres, ceux qui nous voulaient du bien. Ils étaient vraiment trop nombreux, trop bien organisés, trop armés, leur argumentation était trop bien rodée, trop solide, trop... imparable ; le contexte nous était trop défavorable. Nous aurions dû savoir (ne le savions-nous pas ?) que le scénario était déjà écrit, les acteurs possédaient leur texte « au millimètre », la pièce avait été jouée dix mille fois, en province comme à Paris, avec le même succès...

Trois jours après l'enterrement de son collègue, Sylvie quittait Royan et le petit studio du Front de mer, pour de nouvelles aventures. Nous fîmes une dernière fois l'amour avec une fureur inhabituelle. Avec une sorte de ferveur, de voracité aussi ! Avant, pendant et après notre repas d'adieux. Elle avait même posé un joli bouquet de fleurs jaunes sur la table. C'était la première fois que mon studio voyait des fleurs, il eut du mal à s'en remettre. Moi aussi...

Je crus mourir sur ce putain de trottoir désert, quand sa bagnole démarra et disparut derrière le terre-plein central du front de mer. Le patron de mon bistrot préféré, qui mettait le nez dehors à cet instant, fut le seul témoin de mon désarroi. Une chance ! Il dut néanmoins penser qu'il n'allait pas tarder à me revoir... Il n'aurait pas misé un euro sur la constance de ma sobriété.

Trois mois plus tard, pourtant, je n'ai toujours pas remis les pieds dans un bar, pas acheté la plus petite fiole d'eau de feu. Je suis encore là, statufié devant mon écran, comme une représentation allégorique de la littérature besogneuse. Je mets la dernière main à mon roman, je relis, je fignole, je peaufine... Comme si ma vie en dépendait. Elle en dépend ! J'ai l'impression que Sylvie va passer la porte et jeter son blouson sur le canapé.

— Salut, Marc.

Je crois bien que c'est l'écriture qui m'a sauvé. Le rythme qu'elle impose. L'oppression sans faille qu'elle exerce. La littérature. Et peut-être cette belle phrase d'Amélie Nothomb consignée dans mon cahier : « Encore aujourd'hui, je rougis d'avoir préféré l'intelligence à la décence. » Voilà ce qui m'a aidé à tenir. On peut me trouver très con, dans ma recherche d'une décence incompatible avec la plus élémentaire des intelligences. Aventurier de la décence perdue. Et pourtant, j'ai trouvé dans cette démarche une bonne raison de survivre. Un peu de fierté, bordel ! un minimum de décence... et un plongeon quotidien dans l'univers des mots. Rien d'autre ! Ni l'alcool, ni une quelconque force morale, encore moins une croyance ou un espoir. Pas même Fred dont le répondeur m'accueille invariablement par une promesse qui ne sera évidemment pas tenue : « Laissez-moi vos coordonnées, je vous rappelle dès mon retour ». Il ne doit pas revenir souvent.

Il ne souhaite surtout pas s'embarrasser avec les emmerdements des autres ! Il ne sait pas ce qu'il perd.

Côté Martine, mon ex, selon l'expression joliment ciselée par Sylvie, l'évolution est inverse. Elle « bigophone » au moins trois fois par semaine. J'en déduis sans trop me fouler que ça ne doit plus trop bien gazer avec son charlatan prétentieux et cravaté comme un malhonnête. La passion a ceci de commun avec l'ivresse et la thérapie qu'elle s'accommode mal des doses homéopathiques ! Alors, la petite chatte en chaleur passe des coups de fil à son ancien généraliste dans l'espoir d'une prescription de médecines plus... traditionnelles, moins douces, plus immédiatement efficaces. On a beau dire, et à supposer que la maladie ne soit pas imaginaire, les placebos ne marchent que si on croit en eux... ce qui dure rarement très longtemps ; ils montrent vite leurs limites. On en revient alors aux médicaments « qui nous empoisonnent » mais qui ont parfois le mérite de nous guérir.

J'ai donc signalé à ma légitime épouse – avec tact néanmoins – que la pharmacie étant fermée pour absence de clientèle, l'ordonnance ne pourrait être honorée avant la reprise des activités. Dans ces conditions, elle avait tout intérêt à consulter un confrère situé dans une meilleure zone de chalandise. À moins que son état ne justifie un recours à la chirurgie. Mais en ce moment, les hôpitaux sont débordés. C'est tout juste s'ils assurent les urgences !

C'est un peu dur, je sais, comme attitude. Mais franchement, elle avait fini par m'énerver avec son insistance déplacée. Indécente, pour le coup ! Alors, samedi soir, j'ai revêtu ma blouse blanche et j'ai asséné mon diagnostic : affection particulièrement grave et contagieuse, virus résistant à tous les traitements, tenir le malade en milieu stérile, doubler la dose de morphine, prévenir la famille et attendre la fin. Depuis, le téléphone est silencieux. Je peux me consacrer entièrement à la lecture et à l'écriture. Du matin au soir et du soir au matin. Rien d'autre que la lecture et l'écriture. L'écriture, surtout. Je me répète, je sais, mais j'aime bien me répéter. L'écriture, donc. Le verbe. « Car le mot, c'est le Verbe, et le Verbe, c'est Dieu. » Merci Totor, mais je ne pense pas encore en majuscules. Je me contente des mots s'organisant les uns derrière les autres comme autant de remparts à la déprime.

Durant toute ma période créative, monsieur Librard m'a téléphoné – lui aussi – au moins une fois par semaine pour me donner de ses nouvelles et me fournir quelques éléments supplémentaires sur sa trajectoire. Pas facile à suivre... D'autant qu'il a perdu le rôle principal, dans mon roman. Je ne sais pas trop comment lui annoncer la nouvelle. Il risque de le prendre mal si je lui dis qu'une petite minette blonde, barbouze de son état, lui a volé la vedette.

Sylvie. Où est-elle en ce moment ? Monsieur

Librard prétend ne pas l'avoir revue. Alors, je me passe en boucle dans ma petite tête, le disque enregistré juste avant son départ :

— Je reviendrai, Marc. Je reviendrai quand ton roman sera terminé. Tu as trois mois. Ne me déçois pas, mon amour.

Voilà pourquoi j'ai travaillé comme un fou tout au long de ces trois longs mois. J'ai même espacé mes balades sur la plage ; j'ai mis au placard, au rencard, les questions obsolètes sur ma subsistance financière, sur les chances plutôt minces de trouver un éditeur acceptant de publier mes divagations, sur l'avenir incertain, sur les promesses hâtives que se font les amoureux au moment des adieux. J'ai tout mis de côté, tout occulté, tout oublié, pour me consacrer à l'écriture. Putain, si Fred avait vu ça ! J'ai plongé dans le verbe comme dans une fontaine régénératrice, j'ai bu son eau pure, j'y ai lavé mes souillures, pansé mes blessures, colmaté mes fêlures...

Et j'ai tenu les délais : trois mois pile-poil ! « Et un, et deux, et trois, zéro ». La balle est dans ton camp, ma belle.

*

Le facteur vient de passer ; je l'ai entendu ; je le guettais. Je dévale les escaliers ; j'ouvre la boîte ; j'y trouve une lettre ; je remonte en trombe ; je suis tout essoufflé ; j'ouvre l'enveloppe en tremblant. J'ai reconnu l'écriture. C'est elle !

Je dois relire plusieurs fois, j'ai peur d'avoir mal compris. Elle m'aime. Elle le dit. C'est écrit. Elle dit aussi que les trois mois étant écoulés, mon manuscrit devrait être prêt. Tu parles, s'il est prêt ! Un dernier passage au correcteur d'orthographe automatique, et on n'en parlera plus... Elle ajoute qu'elle a contacté un éditeur de ses amis, que celui-ci s'est montré particulièrement intéressé par le sujet, qu'il pourrait envisager une publication pour la « rentrée ». Je dois donc remettre mon texte dans les plus brefs délais ; un certain Georges passera le prendre... Elle m'aime. Elle le réaffirme en conclusion, juste après la promesse qui ne va plus me quitter désormais : « À bientôt ».

*

Le fameux Georges est passé deux jours après l'arrivée de la lettre. Un beau jeune homme, bien rasé, bien coiffé, parfumé, souriant, sapé comme un milord. J'allais parfois au « Mylord », le piano-bar qui domine le port, dans une autre vie, avant... J'aimais bien ses fauteuils profonds, sa musique, sa lumière tamisée, ses cocktails, surtout le *Blue Lagoon*. Bref, le Georges était chicos. Un peu trop, sans doute... Et bien poli avec ça. Trop poli pour être... J'ai chassé une réflexion aussi indigne, une pensée aussi noire, en me disant que ma mère aurait aimé avoir un fils aussi « présentable » que Georges. La pauvre...

J'ai remis à la « gravure de mode », mon petit paquet de feuilles, lui ai proposé un verre d'orangeade, me suis excusé de ne pas avoir la moindre goutte d'apéritif à lui offrir. Il a souri de toutes ses dents pour m'assurer que cela n'avait aucune importance, qu'il ne buvait jamais pendant le service ; il m'a remercié mille fois, m'affirmant que Sylvie se portait comme un charme, se languissait de moi, et serait bientôt Royannaise. Il m'a salué, a passé la porte, descendu l'escalier ; il est monté dans sa Mercedes noire. Je l'ai vue, la Mercedes noire, en me penchant par la fenêtre... On ne devrait jamais se pencher par la fenêtre, c'est dangereux !

Depuis, plus rien ! Ni Georges, ni Sylvie, ni monsieur Librard. Encore moins l'éditeur plus circonstanciel que réellement providentiel ! Pas même Fred. Quant à Martine...

*

La plage de Royan connaît en ce joli mois de mai, un printemps qui ressemble à l'été. Il ne manque que les voiles multicolores, le club Mickey, les maîtres nageurs roulant des mécaniques, les touristes rougis au feu solaire, les cris des enfants et des vendeurs de mascottes, la musique des transistors, le guignol Guérin, les odeurs de frites, de sueur et de crème bronzante mêlées... Sinon, tout y est : la luminosité, la chaleur, le murmure des vagues. Et quelques jolies filles aux seins précocement dénudés...

Je foule avec un plaisir non dissimulé le sable déjà chaud. Seul ! Rendu à ma solitude, plutôt. Mais rendu différent, plus fort, comme après la tourmente, comme au sortir d'une grande lessive, comme au retour d'un périple en mer. Amaigri mais plus fort ! La solitude ne me pèse pas, ne me pèse plus... Salman Rushdie l'exprime bien. *Parfois, il est nécessaire de toucher le fond pour savoir dans quelle direction se trouve le haut, de parcourir une longue distance sur la mauvaise route pour connaître le bon chemin.*

En réalité, le deuil que je porte depuis la visite de Georges me tient compagnie, fait progressivement son travail, renforce mes défenses, construit mon devenir. Sylvie ne sera donc pas morte pour rien, je le jure. Car elle n'est plus de ce monde, Sylvie, je le sais. Je le sens ! Sinon... cela équivaudrait à une trahison. Ce qui est d'autant moins concevable que je refuse de le concevoir !

Je me demande juste comment les salopards ont pu savoir... pour mon manuscrit, pour le délai de trois mois, pour l'amour de Sylvie... Je m'étonne surtout que ma modeste prose puisse intéresser de telles brutes au point de les amener à monter une opération aussi minable. Et puisque le chapitre des questions est ouvert, en voici une à laquelle il sera bien difficile de répondre : comment ai-je pu reconnaître l'écriture de ma blonde maîtresse alors que je n'avais jamais vu un mot tracé par son innocente main ? L'amour n'explique pas tout.

Ces questions, je me les pose encore, parfois... de moins en moins souvent. Je vis mon deuil avec une étonnante sérénité. Je viens flâner sur la conche chaque jour, par n'importe quel temps, une heure le matin, une heure l'après-midi, pour me reposer les yeux et les idées, faire une pause revigorante. Le reste de mon temps, je l'emploie à écrire. Pour moi, pour les autres... J'ai repris quelques clients. Il faut bien vivre... et je dois admettre que j'ai retrouvé un certain plaisir à aider mes semblables. Je vieillis. J'ai beaucoup vieilli, ces derniers temps. Quelques cheveux blancs sont apparus, quelques douleurs articulaires aussi. Rien de très inquiétant, mais si le processus doit s'accélérer encore, on me verra prochainement (sur vos écrans) accompagné d'un petit chien... de compagnie comme il se doit, tout frisé avec un joli nœud rose dans ses poils amoureusement brossés. Un peu plus tard, au dernier stade de ma dégénérescence, je pousserai le gâtisme au point de tenir toutou en laisse pour sa promenade quotidienne sur les trottoirs du Front de mer. Et je le ferai pisser sur les massifs de fleurs que les employés municipaux entretiennent avec grâce, à l'approche de la saison estivale.

Les jours sont comptés, je le sais bien, mais fort heureusement, les nuits sont douces. Depuis que le beau temps est revenu, je laisse ma fenêtre ouverte pour permettre à ma « shampouineuse » de venir me rejoindre en secret, dans mon premier sommeil. Les hommes à la Mercedes noire se font ainsi berner régulièrement ; elle est toujours fidèle au rendez-vous. Telle une mouette rieuse, elle survole d'abord son territoire de chasse, puis se coule comme l'anguille traquée, au plus profond de mes draps blancs, enroule ses longues extrémités lisses et délicieusement fraîches, autour de mon corps immobile, glisse, nage, caresse, se retourne, s'arrête, reprend... Investit jusqu'à mon âme.

Et Billie chante *Strange Fruit*.

LE MURMURE DES TAMARIS

Claires Seulières

Selon la légende, le vœu écrit sur une huître suspendue au Pont des Rêves se réalisera une fois cette dernière tombée en mer... Et si c'était vrai ? Cynthia, 31 ans, prend le pari de confier son destin aux embruns.

Malmenée et dévalorisée dans son travail par son directeur d'agence, la jeune femme est à la peine également dans sa vie sentimentale. Pour ne pas finir mollusque, il va falloir agir, croire en soi ! Et si s'autoriser à vivre ses rêves commençait par se lancer des défis ? Et si la page du passé si douloureuse à tourner permettait un nouveau départ ?

Des vignes de Chablis à l'île d'Oléron, Cynthia va devoir se battre pour trouver sa place. Dans cette course folle, sa famille et ses amis parviendront-ils à la guider vers la ligne d'arrivée ? Alors rendez-vous au Pont des Rêves, dans un an, pour voir qui des deux aura pris l'eau en premier... Cynthia, l'huître à vœu ou les deux ?

« Un Feel Good drôle, positif et plein d'optimisme. »

ISBN : 978-2-494231-19-1
352 Pages - format 13x21 cm
Prix : 15 €
Catégorie : Feel Good

LE PRÉDATEUR DES MARAIS

Yves Chol

L'ancien commissaire Adhémar Timon jouit d'une paisible retraite dans cette ville de La Rochelle qu'il chérit tant, lorsqu'une affaire de viol au cœur du marais poitevin vient semer le trouble dans son esprit.

En effet, dix ans auparavant, il pensait bien en avoir fini avec l'enquête dite du « Prédateur des marais », mais le mode opératoire, en tout point similaire, du criminel actuel, l'amène à s'interroger. Si le « Prédateur des marais » est encore incarcéré, pourquoi ces viols se produisent-ils dans les mêmes circonstances qu'à l'époque ? Jusqu'au véhicule du violeur, une 4L beige, qui laisse planer le doute sur le bien-fondé du verdict il y a dix ans.

Se peut-il qu'Adhémar Timon ait mis la mauvaise personne derrière les barreaux, ou alors les gendarmes ont-ils affaire à un copycat ?

Entre Les marais poitevins, La Rochelle et l'Île de Ré, cette nouvelle enquête nous conduit d'un bout à l'autre de l'Aunis.

ISBN : 978-2-494231-18-4
224 Pages - format 12x18 cm
Prix : 11 €
Catégorie : polar régional

Éditions Terres de l'Ouest

ISBN : 978-2-494231-20-7

Dépôt légal avril 2023
Ré-impression en France
sur les presses de l'imprimerie
Présence Graphique en Août 2023